艾爱国

做事情就要做到极致，做工人就要做到最好。

“大国工匠人物传”丛书

艾爱国

了不起的『钢铁裁缝』

尹红芳◎著

中国工人出版社

图书在版编目（CIP）数据

艾爱国：了不起的“钢铁裁缝” / 尹红芳著. —
北京：中国工人出版社，2024.4
ISBN 978-7-5008-8420-0

Ⅰ. ①艾… Ⅱ. ①尹… Ⅲ. ①传记文学－中国－当代 Ⅳ. ①I25

中国国家版本馆CIP数据核字（2024）第070548号

艾爱国：了不起的“钢铁裁缝”

出 版 人 董　宽
责任编辑 刘广涛
责任校对 张　彦
责任印制 黄　丽
出版发行 中国工人出版社
地　　址 北京市东城区鼓楼外大街45号　邮编：100120
网　　址 http://www.wp-china.com
电　　话 （010）62005043（总编室）　62005039（印制管理中心）
（010）62379038（社科文艺分社）
发行热线 （010）82029051　62383056
经　　销 各地书店
印　　刷 三河市万龙印装有限公司
开　　本 880毫米×1230毫米　1/32
印　　张 6
字　　数 55千字
版　　次 2024年5月第1版　2024年5月第1次印刷
定　　价 49.00元

国之大者，工匠先行

——“大国工匠人物传”丛书总序

在新中国成立75周年、中华全国总工会即将迎来成立100周年之际，中国报告文学学会、中国工人出版社联合推出“大国工匠人物传”丛书，向伟大的祖国献礼，向广大劳动者致敬！

“知者创物，巧者述之守之，世谓之工。百工之事，皆圣人之作也。”这是中国所见年代最早的关于手工业技术文献《考工记》中对工匠的记载。“工”之责在于造物，“匠”者为能工鼎识者也。

幼时，老家云南昆明大板桥的老街上，从南头到北头，都是大大小小的手艺人，木匠、石匠、焗匠、骟匠、竹篾匠、鞋匠、箍桶匠……空气中飘荡着木匠的刨花香和石匠敲打出来的粉尘，充满着焗匠手中皮带的“吱扭扭”声、骟匠刀下小猪猡的闷哼、箍桶匠皮锤不轻不重的敲击声。老街上的竹篾匠是我的一个表姨夫，他来自四川，有着一手出神入化的编造竹篾手艺。粗壮的毛竹是表姨夫手中的“百万雄兵”，在一把锋利无比的刀的指挥下，被劈成厚薄、粗细不一的篾。表姨夫的本领仅次于撒豆成兵的天神，他能化篾成物，一般家里能见到、用到的器物，他都能用竹篾编出来。母亲曾命我在老街上买一个暖水瓶的内胆，然后去表姨夫的摊位上，坐等他为暖水瓶胆编制一件竹制的外壳。那个暖水瓶至今还在我家老屋的一个角落里。竹篾壳早已被岁月包了浆，虽然久不使用，却依然油润、红亮。这便是我幼时对匠人的记忆。

五千多年的中华历史长河中，涌现出了无数能工巧匠，他们或如明月光照，或如星河璀璨。一代代薪火相传的工匠精神，不仅成就了那些流芳百世的绝世建筑与器物，更是烛照我们通向文明现代化进程的精神之光，是我们文化的自信心、民族的根与魂。

从“嫦娥”探月到“祝融”探火，从“北斗”组网到“蛟龙”深潜，从港珠澳大桥横跨三地到大兴国际机场凤凰腾飞……这些挺起中华民族脊梁的大国重器、世纪工程背后，无不凝聚着万千工匠的心血和汗水，映照着工匠们孜孜以求、拼搏奋进的身影。

本套丛书收录的是全国总工会历年评选出的大国工匠

的人物传记。他们当中有焊接高铁的“工人院士”李万君、打破国外高端设备维修垄断的王树军、让中国锻件立于世界之巅的刘伯鸣、“人刀合一”的顶级钳工李凯军、在高空“穿针引线”的竺士杰、油田里的创新能手刘丽、了不起的“钢铁裁缝”艾爱国、数控机床上的“雕刻师”孟维、让三星堆文物“活”起来的郭汉中……他们有的是传统加工业的锻造者，为了突破技术瓶颈精益求精；有的是新兴制造业的探路者，为了实现精密制造巧思妙想；有的是军工行业的铸剑者，为了打造国之重器默默坚守；有的是民间手工艺的守护者，为了传承非遗文化精雕细琢……他们奋战在国防军工、装备制造、传统工艺等行业的第一线，以久久为功的钻研和创新，造就了一个个传奇。

这些杰出的工匠，尽管行业不同、岗位不一，成长经历各异，但他们都有着爱党爱国、敬业奉献、创新争先的优秀品质。他们耐得住清贫与寂寞，用灵巧的双手和精湛的技艺，数十年如一日地在平凡的岗位上雕琢自己心中的梦想，以实际行动诠释着“执着专注、精益求精、一丝不苟、追求卓越”的工匠精神。“天下大事，必作于细。”工匠精神既是中华民族技艺世代传承的价值理念，又是中国开启新征程，从制造业大国迈向制造业强国的时代需要。

“大国工匠是我们中华民族大厦的基石、栋梁。”2024年3月5日，习近平总书记参加十四届全国人大二次会议江苏代表团审议时强调“树立工匠精神”，指出“没有金刚钻，揽不了瓷器活”，要“把第一线的大国工匠一批一批培养出来”。党的十八大以来，习近平总书记对建设高素质劳动大军高度重视，强调“当代工人不仅要有力量，还要有智慧、有技术，能发明、会创新，以实际行动奏响时代主旋律”，深刻阐述工匠精神“执着专注、精益求精、一丝不苟、追求卓越”的内涵要义，号召全社会弘扬工匠精神，“为全面建设社会主义现代化国家、实现中华民族伟大复兴的中国梦提供有力人才和技能支撑”。

“匠心聚，百业兴。”无论是传统产业，还是新兴产业、未来产业，大国工匠在发展新质生产力的历史进程中不可或缺。随着经济发展方式转型和产业结构升级，中国要实现由制造大国向制造强国的转变，实现由中国制造向中国创造的跨越，离不开广大劳动者的创新和创造，更离不开对工匠精神的继承和发扬，于是呼唤更多大国工匠成为时代强音。

文艺是时代进步的号角，最能代表一个时代的风貌，最能引领一个时代的风气。中国报告文学学会、中国工人出版社联袂推出“大国工匠人物传”丛书，以图书的形式为大国工匠树碑立传，让他们的故事和精神具有更广泛的交流传播价值和长久的史料价值。本套丛书的写作者奔赴大国工匠生活的城市，深入大国工匠工作的厂区、车间、工作室，获取了全面细致的第一手材料，最终将大国工匠的成长、成才故事呈现在读者面前。

“大国工匠人物传”丛书讲述的是个人奋斗史，也描绘出大国工匠的群体形象。可以说，这套丛书是目前国内系统研究众多大国工匠人生轨迹的权威读本，既有对每位大国工匠的整体介绍和事迹梳理，又有具体的事件、案例，全面、生动地展示了大国工匠各个人生时期的工作和生活状态。

新时代是奋斗者的时代，中国式现代化建设新征程这一宏伟事业为广大工匠技能人才成就梦想提供了广阔舞台。每位劳动者都是主角，都可以成为工匠精神的践行者。大国工匠是新时代的最美奋斗者，更是和平年代当之无愧的英雄。

国之大者，工匠先行，向着中华民族伟大复兴的目标砥砺奋进，行稳致远。

是以为序。

于 2024 年仲春

目　录

第一章 两根冰棒

那是 1961 年一个炎热的夏日，醴陵车站旁的小巷子里，一个半大小子跟着母亲，微眯着眼，小心翼翼地舔着一根白色的冰棒，嘴中还时不时发出惬意的“嘶——嘶——”声。

这根冰棒，是他有记忆以来第一次吃到的最美味的东西。

直到多年后，这个场景，这种滋味，每每回忆起来，他都会眯缝着眼，展颜一笑“渺海阔而天高”，像极了少年。

这个少年，便是艾爱国。那一年，他11岁；那一年，他第一次离开自己的家乡攸县，经过一个个完全陌生的地方，去往伟人故里——湘潭。

那时，攸县到湘潭的交通很不方便，艾爱国记得，他和妈妈于清晨6点出发，沿洣水走到一桥，坐轮船，继而坐上长途木炭车（一种以木炭作为动力的汽车）。

经历最初的好奇和兴奋之后，疲惫的艾爱国在一路“哐当哐当”声中睡去又醒来，醒来又睡去，直到下午5点，才到达中转站醴陵。

醴陵位于湘赣交接处，古称“吴楚咽喉”，当时亦是国内陆路交通要塞。艾爱国和母亲抵达醴陵汽车站为时已晚，只得停留一宿，次日再前往目的地湘潭。母亲心疼地看着无精打采的儿子，咬牙买了一根这个贫寒的家中从来没有消费过的“奢侈品”——冰棒。

要知道，就像这两年传唱的“我在马路边，捡到一分钱，把它交到警察叔叔手里边”那样，五分钱一根的冰棒在当时可算得上是一笔不小的开支。艾爱国的二姐挑水卖，满满两大桶才值一分五，一天累得精疲力竭也就得到七分钱。而艾爱国那时，挑六小桶才得到一分钱。此时，看到妈妈慷慨地拿出钱来，艾爱国既有些惊喜，又有些

1953 年，全家合影

不舍，但一个 11 岁的孩子哪能在酷暑中抵挡得了冰棒的诱惑？

艾爱国家住攸县城关镇，五姐妹，三个姐姐，一个哥哥。小时候，家里很穷，艾爱国记得全家从镇里的东面搬到西面，又从西面搬到东面，再从东面搬到南面，短短几年间，搬家多达十余次。而每次搬的新家都是租来的，一开始，租的是私人房舍，后来房管所有人了解到他们家的窘迫和困难，就让他们租了房管所的房子。这样，在一个地方便能比往日住得长久点了。而历次搬家的家当，不过是两张简易的木床，以及几个装杂物的小袋子。

艾爱国的父亲是独子，从小家中可谓家徒四壁、一贫如洗。在艾爱国还未出生时，他的爷爷便去世了。在他小的时候，父亲是副食品管理公司的一名小职员，薪水微薄。为补贴家用，母亲不得不找一些条件较好的家庭，主动央求上门洒扫庭除、做饭洗衣，以求一点微薄的报酬；忙活完了，她又急急忙忙地回家照顾几个小孩。

目睹家中父母日夜操劳，幼小的艾爱国便很懂事。他穿着的总是哥哥、姐姐的旧衣裳，看到街头巷尾叫卖的美食小吃，他也从不驻足流连，只是那倔强的嘴角和眼底的渴望着实让人看了心疼。

为了减轻家中的负担，7岁时，艾爱国便开始挑水挣钱。每次挑水，一开始，他有力地挺起小腰板，轻松平稳而又有节奏地迈着小步伐，渐渐地，有些气喘吁吁，额头上开始冒汗，实在坚持不下去了，只好停下来，休息片刻，又一鼓作气地挑上往前走，长长的一两公里路，居然没洒出一点儿水来。

只是有一点让成年后的艾爱国深感遗憾——父亲擅长书法，一有空闲便在家中练字，哥哥和大姐也都喜欢读书，只有自己，好像对书籍并不怎么感兴趣。他在不多的休闲时光里最感兴趣的就是“玩”，比如打乒乓球、捏泥巴。

11岁了，第一次吃到自己心心念念的冰棒，那天夜晚，艾爱国睡在候车室的长凳上，仍然在回味那种冰爽甘甜的感觉，直至进入梦乡。在梦里，妈妈给他买了更多口味和颜色的冰棒，他高兴地一蹦三尺高，觉得自己像个小神仙。

清晨，妈妈叫醒艾爱国，爱怜地帮他拭去嘴角残留的口水，不由得问他：“爱国，你梦见什么好吃的了？梦里还笑出声了。”

艾爱国兴奋地答道：“我梦见好多好多的冰棒，各种口味的都有，有水果的、有绿豆的，还有奶油的……”

妈妈不禁笑道：“哦——那你想不想在现实中也吃上这么多的冰棒啊？”

艾爱国回答道：“我当然想了。可是，妈妈，要怎样才能实现这个梦想呢？”

妈妈意味深长地说道：“实现梦想的途径很多，但是在现阶段，你只有认真学习，虚心听讲，才能找到梦想之路。”

年少的艾爱国第一次萌生出了要好好读书的念头：“我一定好好读书，走出小镇，走到像醴陵那么繁华的地方，妈妈，我要带你吃到更多美味的东西。”

如果说人生中的第一根冰棒给艾爱国埋下了一粒梦想的种子，那么，在 1965 年吃到的另一根冰棒，则给了他梦想的萌芽。

那一年，艾爱国 15 岁，他尝到了另一种“高配版”的冰棒——“带着奶油，甜甜的，糯糯的”。这对于一个常年吃不饱饭的孩子来说，无疑是一种巨大的幸福。

那一年，艾爱国参加完攸县全县乒乓球比赛，过关斩将，被选进攸县集训队，参加“七县一市”的乒乓球市级比赛。从攸县，到醴陵，到湘乡，到湘潭……他一个县一个县地走过。在集训队，他吃到了家里几个月难见一次的肉和鱼，也吃到了更加美味的奶油冰棒。

历经缺衣少食的苦，一根甜甜的奶油冰棒对艾爱国来说，是一种奢侈，更是一种动力。

“七县一市”比赛的最后一个点，在韶山中学。比赛完，艾爱国和其他队友一起跟着带队老师走进了毛泽东故居。

在故居一间房的墙壁上，艾爱国看到了毛主席于1959年回韶山时和韶山学校师生的合影，他是那么慈祥、那么亲切。照片的下方，“幸福的会见　巨大的鼓舞”几个红色大字格外耀眼。

艾爱国若有所思。在大家参观完在近处歇息聊天时，艾爱国走进了毛泽东故居侧面的一条蜿蜒小路，他不断地往上走，再往上走，走到一个小山顶，终于，青山绿水尽收眼底，大片大片的竹子清新翠绿，让人心旷神怡。他想起了那两根不同而美味的冰棒，想起了爱他的母亲，也想起了那个贫穷的家。

带队老师注意到艾爱国的异样，走上前去，问道：“爱国，你在想什么呢？”

艾爱国惊醒过来，赧然道：“没，没想什么。这段时间吃得好，过得也很充实，只是我从来没有出来那么久，让我……让我有些想家了。”

老师笑道：“那你想不想一直过着这样的生活呢？”

艾爱国有些不好意思地说道：“想当然是想的，但是一想到家里人还在挨饿受苦，心里总有些不安。老师，怎么样才能让大家都吃饱穿暖，过上幸福的生活呢？”

老师沉思片刻，肃然道：“爱国，你有这个想法是很好的，要实现这个目标，我们就要付出足够多的努力。首先，要让国家富强、集体富足，才能让小家富裕，要知道‘大河有水小河满，大河没水小河干’啊！其次，我们还要练好本领，这次出来，集训队能管你们一阵子，而只有你自身强大，才能管上一辈子。”

这番话深深地触动了艾爱国，在他的心中渐渐树立了一个清晰的目标：努力学习，造福社会，改变命运。这一次，他自觉见了些“世面”，但要在更广阔的世界中施展拳脚，他还需要发愤图强。

在攸县一中读书时，艾爱国的成绩一直名列前茅。而毕业那一年，正值特殊年代，艾爱国和他的同学失去了升学考试的机会。但是，艾爱国却因为一手漂亮的美术字和优异的学业成绩，再加上为人诚恳、踏实肯干，被学校和所在居委会推荐进入湖南煤炭学校，就读机械车工专业，在当时，这也算是当地较好的中专学校。

1968 年，响应国家“上山下乡”的号召，艾爱国成了一名下乡知青。

艾爱国所下放的生产队，名为“黄丰桥公社杨宾大队陈大仙生产队”，地处偏僻的高山，贫穷落后。生产队一共寥寥几十人，艾爱国被安排住在一位独居的老奶奶家。

和众多知青一样，艾爱国响应“知识青年到农村去，接受贫下中农的再教育”的号召，“扎根农村一辈子，做社会主义新型农民”，在那个年代，这就是他为之奋斗一生的目标。他暗下决心好好干，靠自己的勤奋，为贫困的山乡蹚出一条路来。

刚到生产队，艾爱国发现队里没有井，便带头挖坑找起山泉水来。虽然最终没有显著的成果，却也体现了他“初生牛犊不怕虎”的勇气，同时也让他明白了专业技能的重要性。

当知青的日子很苦，每天繁重的体力活，将很多年轻人压得满腹怨言。7 岁时就挑水开始做体力活，长期吃苦耐劳的艾爱国并未感到这样的生活有多苦难。他只想多干点活，多为生产队做点贡献，同时多拿点工分。

说起工分，艾爱国对笔者说起一件趣事。

一天中午，艾爱国发现一棵被遗漏的倒伏下来的大树，树干长达11米多，又粗又壮，他估算了下，约莫够200斤，这让他欣喜不已。当时当地，一个成年人的工分底分是10分。艾爱国的评定工分底分是6分，扛180斤的树，是可以加20斤的量的，扛200斤，可以加40斤的量，运气好的话，这一棵树能让他加上2个工分！艾爱国果断而艰难地扛起了大树，往目的地走去。一路上，往日恼人的藤蔓荆棘不再成为阻碍，沟沟坎坎仿佛也能轻松跨过……一公里过去了，又一公里过去了……又累又饿的艾爱国开始觉得肩上的大树沉重得像一座大山，他就像山底的那只孙猴子，简直要喘不过气来。于是，他只好走一段就休息一阵，渐渐地，走的距离越来越短，休息的时间越来越长……望着前方遥远的路程，艾爱国瘫坐在地上，重重地叹了口气……

“靡不有初，鲜克有终”，父亲的教诲言犹在耳。是啊，做事要有始有终，持之以恒，虽然坚持很难，但正是这种坚持使得成功变得更为珍贵。艾爱国想到这里，又鼓足了勇气，站了起来。这次，他科学分配着余下的体力，扛100米，休息几分钟，再100米，又继续休息，周而复始，直到晚间 7 点，他才成功将大树扛到目的地。放下大树的那一刹那，他感觉整个人都要虚脱了。

这时，几个队员走来，一边扶艾爱国休息，一边七手八脚地抬树上称。结果一称，艾爱国傻眼了：178 斤！他知道，不到 180 斤，是加不到 1 个工分的。想起这大半天忍受的超越极限的辛苦，他不免有些失落。

或许是“少年不识愁滋味”，或许是“千磨万击还坚劲”，第二天一大早，队友们看到艾爱国又精神抖擞地出现在了工作现场。从那以后，队友们把艾爱国称为“拼命三郎”。

艾爱国还有两件事，更让队友们敬佩不已。

1969 年端午节晚上，艾爱国走出门晾衣服，突然，感觉小腿似被咬了一口，他忍着剧痛扭头一看，一条有着黄褐色斑纹的蛇“嗖”的一声钻入灌木丛中消失不见，再一看腿上，有两个浅浅的牙印和沁出的血珠。那时，艾爱国刚到农村不久，尚不知“毒蛇横在路”“恐有毒蛇深草中”这些古训的意味，故而应是不小心踩了蛇尾，才受了攻击。艾爱国一瘸一拐地回到屋里，在老奶奶的帮助下包扎止血，简单处理了患处，以为并无大碍。可是半夜里，艾爱国被痛醒，继而感到一阵眩晕，低头一看，受伤的小腿肿得像大馒头，并且不听使唤了。原来，咬他的竟是一条毒蛇！一直担心得睡不着觉的老奶奶闻讯急忙赶过来，赶紧用土方帮艾爱国清理伤口，又连着几天衣不解带地帮他端药送饭，换药敷药，这才让年轻的艾爱国捡回了一条小命。七天之后，艾爱国拖着还没完全消肿的腿，继续干起了挑煤炭、挑稻谷的体力活。

还有一次，艾爱国和队友们在山中砍竹，密密麻麻的竹叶挡住了人的脸。突然，他感到头部被重重一击，一股温热的液体沿着脸颊流下来。一摸，手上全是血，艾爱国这才知道自己是被旁边倒下的一根竹子砸伤了。情急之下，艾爱国掏出口袋里的烟叶，敷上去止血。几分钟后，艾爱国发现血止住了，便又忙活起来，砍了一捆又一捆，最后扛了五大捆交到队里。回到老奶奶家中，伤口又流出血来，老奶奶被吓坏了，连忙帮艾爱国止血，又用干净的棉布包扎好，还煮了碗胡椒鸡蛋汤给他喝。可是，当艾爱国拿出两毛钱想感谢老奶奶时，老奶奶却说什么都不要，只是心疼地叮嘱道：“你要买点营养品补一补，不要像这样下死力，连命都不要了！”

艾爱国笑着安慰老奶奶道：“我不是不要命啊，我是干起活来，才觉得人生有劲啊！”

扎着土制“绷带”、脸色有些苍白的艾爱国斜靠在床上，又想起了那两根冰爽甜糯的冰棒，想起了在伟人故里的那些时光，想起了多年前那个小小的他。心里早就种下的勤劳奋进的种子，它已在阳光雨露下渐次生根发芽，迎接它的灿烂春天。

第二章 梦里的花火

1969年8月的一个上午，攸县黄丰桥公社礼堂内热闹非凡，公社下属的陈大仙生产队的几十名队员和十余名知青共同坐在台下，时不时地交头接耳。就在刚刚，一条劲爆的消息从台上的生产大队洪书记口中发出。

“我们准备从上面，主动争取一个知青进城的指标……”

话刚落音，台下的人们不禁议论纷纷。

台上，洪书记也不着急，只是微笑地看着大家。少顷，台下的议论声、交谈声渐渐弱下来，转而一片安静。

之后，洪书记那惯常的不疾不徐的声音再次响起，只是这次，却意外地带着几分激赏。

“在大山里劳作，别人挑 120 斤的担子，他总能挑上 150 斤。人家干 8 个小时，他总能干上 10 个小时。在公社，一年时间，他赚了 2600 多工分，就算每天勤勤恳恳地干活，多者赚 6 工分，也只 2100 多工分，这 500 多工分的差距，我认为，是他拼着命额外赚到的。”

此言一出，众人齐刷刷地向艾爱国看去，眼里带着兴奋、欣赏、羡慕、敬佩……“果然是他”！他们知道，洪书记讲的“他”，就是艾爱国。在陈大仙生产队，他是队里公认的“拼命三郎”。

按程序，洪书记提出知青进城的候选人后，下一步就是队里所有人进行投票表决。还没等发选票，只听“赞成”声此起彼伏。

离开公社的前一天晚上，前来艾爱国住所的人络绎不绝。“今年 1 月大队修路，你整整辛苦了一个月，都没睡过几个囫囵觉，我们要感谢你啊！”“那次我生病了，你这么帮我顶工分，我一直记在心里呢！”“你能够进城我们都很开心，我们希望你走出大山，又舍不得你走呢！”……大伙儿都舍不得艾爱国走，但为了他的前程，却只能让他远去，此时，唠上几句平时来不及说或说不出口的暖心、体己的话，算是纠结而长情的送别。除了这些让艾爱国暖心的话，他们还把自己平时舍不得吃的肉鱼蛋禽，小心侍弄的瓜果时蔬，摆满了这间小小的房屋，让离别的气氛显得更加浓烈而炽热。

艾爱国哪见过这种阵仗，面红耳赤地和众人推却着，嘴里感谢不迭，心中却是翻江倒海。他自认为只是做了力所能及的好事，却得到组织和群众如此高的评价和这么多热忱的感谢，自觉受之有愧。

来到生产队虽然只有短短的一年多时间，艾爱国感觉自己成长了很多。他想起和队员们一起劳作的点点滴滴，那些虽然辛苦，却充实而快乐的时光；他想起和知青伙伴们克服困难、共同进步、砥砺成长的兄弟般的感情；他想起自己几次受伤，众人尤其是房东老奶奶无微不至的照顾……回想起这一切，艾爱国眼眶湿润了，这个小伙子在以往的生活中无论多苦多累，都没掉过一滴眼泪，如今，面对着这一张张熟悉而热切的脸庞，他的眼泪终于不争气地滚落了下来……

无论有多么难过和不舍，艾爱国还是毅然踏上了归途，因为那里，有着他至爱的家人、更广阔的天地和更重要的使命。在转身离去的那一刻，他悄悄拭去分别的泪水，喃喃道："乡亲们，伙伴们，再见了，谢谢你们……"

回家前，艾爱国将下乡近两年攒下的一点点工分钱节省下来，买了一担挑箱和一个木箱子寄到老家，这是他悄悄给家里即将出嫁的二姐准备的嫁妆。

艾爱国想起了自己刚下乡时的情形，那时，他除了对"农村是一个广阔的天地，在那里是可以大有作为的"这句话的憧憬和兴奋，还有一个朴素的想法，那就是努力工作，尽量减轻母亲和家中的负担。尽管是家里的老小，可他却有着不亚于哥哥姐姐的"当家"意识。

那是 1967 年，艾爱国母亲和大姐在湘西的一段日子里，父亲和哥哥的工资都交给了艾爱国，家里的伙食开销都让艾爱国操持。艾爱国在一家人的眼里，细致、懂事、节俭、能干。以前，他把每天做的事一条条地记录下来，接手"管家"后，从日常的柴米油盐酱醋茶，到每天所需的菜蔬用度，收入多少，支出多少，剩下多少，事无巨细，他都会用心地记下来。

这么懂事的孩子，父母想起他总是宽心的。当收到艾爱国寄回来的挑箱和木箱子时，二姐想着弟弟过年回来时那张黧黑的脸、长着厚茧的手和身上新增的伤疤，禁不住又流下泪来。不过，这次的泪水除了心疼，更平添了些感动、骄傲和慰藉。

那些天，街坊邻居纷纷传言，一些表现优秀的知青要陆续回城了。艾爱国能够回城，是公社后来争取到的指标，他回城的消息并没有传到居委会、更没有传到家里。

艾爱国的家人虽然也听到了有知青回城的传闻，但他们没有去打听。在他们看来，该回的时候总会回的，爱国这孩子，在哪儿都是那么让人放心。只是，爱国那么优秀，怎么可能不是第一批回城的孩子？

不打听并不代表着不牵挂。那些天，家人们心里挂念着艾爱国，热切地期盼着他能回城，互相知晓却并不交流，只是在偶尔门响时，那齐刷刷地扭头，以及眼中的渴望和从里屋房间急匆匆跑出的身影，“出卖”了他们内心那个深切而一致的小心思。

一天、两天、三天……还是没有等到那个熟悉的身影，就在全家人都要放弃希望的时候，艾爱国却是蓦然出现在了家门口，让这份理所应当的等待显出一丝波澜，却又多了几分惊喜。

只见爱国放下肩上重重的担子，气喘吁吁，面色潮红，青涩的面孔染上了几许沧桑，举手投足间竟有了几分经年老农的韵味。他一边抬起手擦掉额头上冒出的大颗汗珠，一边微笑着朝亲人们走去。二姐一把抱住他，热泪盈眶，责怪着他怎么比别人迟这么久回家。艾爱国有些不以为然地告诉家人，他一路走走停停，自然多拖了点时间，可是，节省了几十里路的车费咧。

家里人不仅等来了艾爱国，还等来了一个大好消息。“我被分配到了湘钢上班了。”艾爱国压抑住内心的激动，平静地说。“真的？我们家祖坟‘开岔’了！”（在攸县，家中有人当官，老人们喜欢说“祖坟冒烟”，而家中的人有了好的出路，便叫“祖坟开岔”）艾爱国很少看到父亲笑，这一次，他看到父亲的脸上流露出发自内心的欣悦。

不多时，家里人开始张罗吃饭，父亲招呼艾爱国坐下来，郑重其事地从一个陈旧的木柜里拿出一瓶酒，非让艾爱国陪他喝。这是家里省吃俭用买下来为二姐婚礼准备的酒，父亲毫不吝啬地倒了两满杯，不由分说地干掉一杯。全家人笑吟吟地看着“欣喜若狂”的父亲，整个家中洋溢着过年才有的快活气息。

饭后，父亲又兴高采烈地给艾爱国买了个红皮笔记本作为奖励，他知道艾爱国有记录的好习惯。艾爱国翻开本子，只见上面写着：“当工人就要当个好工人，技术上要站得住脚，更要在政治上追求进步，争取早日加入党组织——你的父亲。”

艾爱国一辈子也忘不了那个秋日的清晨。那一天，微风习习，晨曦温柔而细腻，安静地洒在大地上，湘钢的大门敞开着，艾爱国沐浴着温暖的阳光大步朝里面走去，心中油然而生一种自豪和希冀。

晚上，艾爱国在父亲赠予的笔记本上写道：“今天，1969 年 9 月 23 日，我第一次跨进了湘钢的大门，我的奋斗人生将从这里开启。”纸上的笔迹，银钩铁画，力透纸背。

第三天，艾爱国和刚入厂的其他四个青年同事，特地找了个照相馆，每个人分别拍了张寸照。照片上的艾爱国眉清目秀，眼神炯炯，脸上洋溢着绚烂的青春和蓬勃的朝气。

刚入厂的艾爱国被分到了管道队，主要工作为配合油电水气安装的管道安装。不久，正在工作的艾爱国发现一支“浩浩荡荡”的队伍走进了湘钢，这支队伍人数多达两千。据说，他们来自北京，走南闯北，算是“见过大世面”的，可以说非常有能耐，其中很多人甚至参与了人民大会堂等首届“北京十大建筑”的建设。艾爱国后来才知

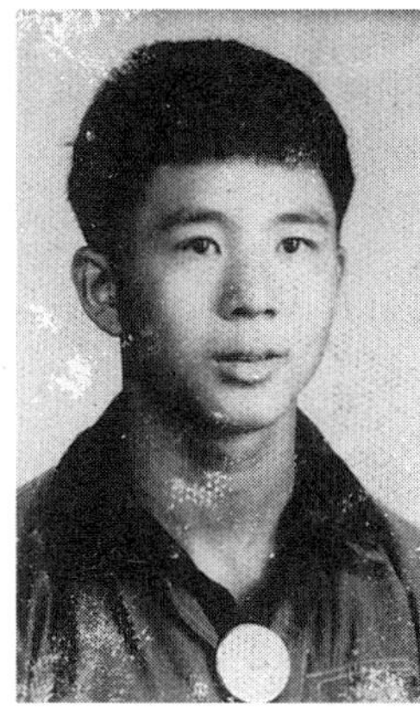

1969年，艾爱国进入湘钢时的照片

道，这支队伍来自“北京二建”，他们作为支援湘钢建设的队伍，将长期扎根于此。

艾爱国发现，自从“北京二建”的工人们来了后，湘钢的业务量逐步增加，工人们每天的工作也更多了。除此之外，他还发现，这支队伍里有很多人是气焊工。每天，他看着他们在流光溢彩的电弧光中迅速地进行裁剪、拼接，组合创造出新的物件，内心既羡慕又好奇。他觉得，这是一件充满成就感又有趣的工作，他的内心充满了强烈的冲动和向往。忙完管道活的休息期间，他看着他们，甚至幻想着自己拿着电焊面罩，在光彩夺目的电弧光中，将零碎的物件拼接成一个个赏心悦目的图案。一种强烈的求知欲望，如点点星火，在他的内心渐渐燃起，越来越明亮绚烂，这种求知欲望，一天天积攒，终于变成了一种深切的渴望。

如果可以学习这门手艺，那该多好啊！艾爱国无数次在心里感叹。他知道，在企业是不能随便更改工种的，只要把这门手艺学到，他便别无所求了。

艾爱国有一大本领，用他自己的话说——“察言观色”。因为善于“察言观色”，所以艾爱国走到哪儿都受欢迎。

他的“察言观色”，也可以说是一种“同理心”，意即设身处地地对他人的情绪和情感的认知性的觉知、把握与理解。比如小学时，他去走亲戚，正好赶上亲戚家吃饭，他发现他们家煮的饭不够，就谎称自己“吃过饭”了，即使饿得饥肠辘辘，他也依然忍着，生怕给人家增添麻烦。

艾爱国的“察言观色”，还表现在他“眼里有活儿”。在焊接队伍里，有个叫马有芬的焊接师傅，技术水平有口皆碑，为人也特别和气，艾爱国内心特别敬重他，他常常想，要是能当马师傅的学生该多好啊！

马有芬和其他的焊接师傅每天正式工作前都需要做一系列的准备工作，如要搬不少沉重的氧气瓶，要去远处的

1971 年，艾爱国（中）与兄长、朋友在毛主席故居前合影

井里提很多桶水，因为工作量大、时间紧张、人手不足，所以他们常常寻求周围正在工间休息的管道工帮忙。可是，因为大伙儿都有各自的工作，也并不想干这份额外的重体力活，头几次还心不甘情不愿地去帮一帮，后来，索性以各种理由拒绝了他们。

这天，当艾爱国走下工作岗位，远远看着马有芬被拒绝时，待弄清楚事情的来龙去脉，便径直走上前去，一言不发地搬起重达180斤的氧气瓶往目的地走去。马有芬愣了一下，急忙紧跟其后，感谢之余还不忘询问他的名字，来自哪个团队。

此后的日子里，艾爱国主动承担起为马有芬搬氧气瓶的重活。在艾爱国的心里，他已经把马有芬当成非常敬重的老师了。

有几次，马有芬不忍心艾爱国每天搬弄如此沉重的氧气瓶，担心他伤了身体，于是自己强撑着去搬。每次艾爱国看见了都极力阻止，并迅速将氧气瓶扛到肩上，还故意小跑起来：“马老师，您看，我搬起来多轻松，我从小挑水，下乡时背大树，这点重量，对我来说还轻着呢！”

搬乙炔器并不止需要强劲的体力，最挑战人的，是乙炔器散发出的难闻的气味。当时，硬件条件不如当今完善，每天，他们搬之前都需要往乙炔器里面注水，乙炔器之中的电石融合发生化学反应，总是散发着刺鼻的味道。可是艾爱国毫无怨言，从不喊累，也不言苦。好几次搬完后，肩膀磨肿了，艾爱国便悄悄地走进厕所，啧点口水到手上，擦到肩膀上“消炎”。实在受不了这难闻的气味，他便在肩头搭一条毛巾，搬时捂鼻，搬后擦汗，一举两得。

管道工做的也是体力活，常常在野外作业，一干就是十来个小时。每次返厂的工作间隙，艾爱国还主动为马有芬烧水、洗衣，将其房间打扫得干净整洁。

长期下来，马有芬看出来艾爱国有点儿不对劲。有一次趁着艾爱国帮他打扫卫生的机会，他试探着问道：“小艾，你有什么想法，和我说说，看我能否帮帮你？”

艾爱国欲言又止。

马有芬却似乎看出了艾爱国的心思，直言道：“你是想学气焊吗？我可以带你。”

艾爱国喜出望外。这个愿望，他憋在心里已经很久了，虽然有想法，但又不好意思提出来，现在，既然马老师提出来了，艾爱国便鼓足了勇气说道：“马老师，我早就想拜您为师了，谢谢您能接纳我。”艾爱国感动地连鞠了三躬。

那天，艾爱国高兴得一整晚都没睡着。

从那以后，艾爱国便搬到了马有芬的宿舍，和他同吃同住。每天，艾爱国做完自己管道工的本职工作，便利用闲暇时间跟着马有芬学习。

在师父马有芬这里，艾爱国体会到了北京工人们多姿多彩的业余生活。下班后，他们一起看电视、摔跤、打乒乓球，饿了，便做点肉馅，一起包饺子；宿舍里有澡堂，寒冷的冬日，甚至可以享受到暖气。这些“先进”的生活方式赋予的多彩丰富，让艾爱国产生了触动。而更触动他的，是师父马有芬过硬的工作技能和先进的工作理念。

有好友问艾爱国：“跟着名师马有芬学，好在哪里呢？”艾爱国自豪地说：“真正的书法大家，不仅专精于一种字体，他还会熟练地运用篆、隶、草、行、楷各种字体，马有芬师父就如这样的‘大家’。”

“星光不问赶路人，岁月不负有心人。”有了名师的指点，加上艾爱国日学夜练，他的焊接技艺突飞猛进——一般的学徒至少三年出师，而艾爱国却用了不到半年，便能独立工作了。

机会总是垂青有准备的人。艾爱国没有想到，就在他刚出师不到一个月，湘钢承接了一个大项目，需要从配管队调配 6 个年轻的工人学气焊，凭借扎实的本领，艾爱国无疑成了首选，正式成为一名焊工。

转工种的那一晚，艾爱国做了一个梦，梦里，他像马有芬师父一样，戴着电焊面罩，在金光灿烂的花火映照下，将一根根管道焊接起来，一根又一根，直至延伸到遥远的天边。

第二章 焊接处，亦可薄如纸

艾爱国拿着马有芬用气焊刚修补过的煤油灯，仔细端详，赞不绝口——焊缝处竟然这么薄，薄得像纸，却没有丝毫裂纹；用手抚摩，壁身平滑如镜，竟没有任何滞碍；焊接处一条银络，成为精美的点缀，使得整个器物就像一件艺术品！

看着艾爱国爱不释手的样子，马有芬微笑着说：“做我们这一行，不只要有技术，还要用心呢！”

艾爱国懂得马有芬所说的用心，指的是平时的用心积累和工作时的用心思考。

“学而不思则罔，思而不学则殆”，艾爱国深明此理，他从小就喜欢观察思考，用他的话说，这叫“捕捉细节”。当学徒的每一天，他紧跟着马有芬学习技能，不是简单机械地学，而是在学习的同时，不停地思考，不停地提问。

为什么要横着焊而不是竖着焊？为什么用这样的材料而不用那样的材料？焊接的时间，控制在多少最合适……艾爱国每天会问马有芬许多问题，学得越多，艾爱国发现自己懂得越少——越来越多的知识空白伴随学习的进程显现出来，让他整日急得抓耳挠腮，却苦于找不到快速解决的办法。

一个夏日的傍晚，艾爱国吃过晚饭，正沿着一条林荫小路散步，看到和师父同样来自“北京二建”的一位师兄从对面走来，手上拿着一本书。艾爱国好奇地看了一眼，只见“焊接工艺学”五个黑体大字跃然纸上。“焊接工艺学”，他在心底默默地念了一遍，眼热不已，又想起了师父的一句话：“焊接，是要讲究方法的，不是巧干蛮干，它是一种科学的工艺。”

“师兄，这本书是哪里买的？”“科技图书馆借的！”师兄一边说，一边朝湘钢招待所大院深处的一座楼房指去。

“原来那里还有一个图书馆啊！”艾爱国自言自语，有些兴奋，又有些懊恼。他连忙朝着师兄所指的方向走去。

那一天，艾爱国一头扎进书海，在科技图书馆从傍晚6点坐到晚上10点，直到图书馆闭馆，他才恋恋不舍地离开座位。走的时候，他还将一本名为《焊接技术》的书借了出来。回到住处，艾爱国将书拿了出来，迫不及待地学习研读。过往焊接实践的一幅幅画面，在艾爱国的脑海里闪现、回放，周而复始。他惊喜地发现，原来自己做过的每一道“工艺”，每一种方法，是有如此清晰的理论支撑和直观描述的。

如果说马有芬是自己的第一位老师，那么，这些有用的书籍便是可以伴随自己一生的第二任“老师”了！艾爱国仿佛看到了一扇大门，门后，有着瑰丽的宝藏和迷人的风景，这一切令他迷醉。

当把一本厚厚的《焊接技术》研读完，艾爱国抬起头朝窗外望去，只见鱼肚白的曙光渐渐显出绯红，朝霞映照在木窗上，格外绚丽。艾爱国才发现自己不知不觉已熬了一个通宵。

从那以后，艾爱国成了图书馆的常客。最开始，艾爱国读焊工基础知识，弄懂了关于焊接的基本原理。后来，他又延展到苏联的各种焊接理论专著。

“不登高山，不知天之高也；不临深溪，不知地之厚也。”在书中，艾爱国了解到焊工一级到八级的国家标准，便在心里悄悄树立了近期目标和远期目标。近期目标便是：达到五级焊工水准，能独立制订“工艺”方案，还要能焊铜。艾爱国知道自己当前的水准离这个目标还有一大段距离，一般人要全部达到是很难的。但是艾爱国觉得，自己的师父马有芬和几个厉害的师兄已然达到了这个标准，他们是他的榜样，也给了他巨大的力量。

既然确定了目标，就要有像小溪一样奔向大海的胸膛。艾爱国将自己读书时勉励自己的话语，重新写在了笔记本上。

“耳闻之不如目见之，目见之不如足践之，足践之不如手辨之。”他开始寻找机会不断地进行实操，除了厂里的常规工作，他还把眼光投向普通生活日常所需，为周围的群众排忧解难。尤为可贵的是，他就像一个精益求精的老中医，不仅治疗小病小痛信手拈来，而且对疑难杂症也是泰然自若、沉着应对。

有一次，隔壁邻居一副眼镜的镜框开裂了，请艾爱国帮忙。艾爱国仔细看了看，还在图纸上做起“工艺”来。

如果按一般的修复方法，直接将裂开处焊接起来就好了，可艾爱国没这么做。他在纸上画好图，并研究出焊接的方法：将眼镜片去掉，用“小嘴子”（小焊条）焊。继而，他精心选用合适的焊粉，焊接的时候，辅以合适的火力、合适的速度，焊完后，再迅速用一种材料将焊接处扎起来。几分钟后，艾爱国将焊好的镜框拿出来，邻居大惊不已。原来，被艾爱国焊好的眼镜框，肉眼几乎看不出一点焊接的印子。

找艾爱国帮忙的街坊邻居越来越多，艾爱国的“名气”也便越来越大了。大家开始戏称艾爱国为“焊神”：只要能焊接修补好的东西，找艾爱国修补好，比买新的都耐用。

面对纷至沓来的赞誉，艾爱国并没有迷失，因为他知道，做好一门技艺，没有别的诀窍，一是要耐得住寂寞，二是要守得住本心。从此以后，他更是全身心地投入学习和钻研之中，并以不间断的实操来提高自己。

1975年9月，艾爱国迎来了独自安装紫铜管道的机会。

当时，湘钢决定选派一名焊工师傅去上海学习一种特殊的紫铜焊接方法——熔焊。回来后，这个人将负责完成厂里的熔焊项目。熔焊的好处是腐蚀少、寿命长，更环

1975 年，艾爱国（左）与老师陈元亨分别时合影

保。其工艺难度就是不加焊粉。这对于当时的焊接技术来说，是一项开创性的革新和挑战。

鉴于艾爱国年纪轻，入门时间短，虽然有着众人交口称赞的高超技艺，但为了新技术更好地推广和传承，厂里还是选派了一位经验丰富的老师傅前往上海。艾爱国并没有因此失落沮丧，而是转头自己摸索了起来，他觉得凭借丰厚扎实的理论和实践积累，别人能做到的，他一定也能做到！

要焊紫铜，自然需要更好的防护措施。可工厂的硬件条件极为简陋，艾爱国连一个好的防护面罩都没有。以前做焊接，艾爱国用的是白玻璃，用黑墨水将玻璃涂黑，就当防护面罩用了。每次长时间焊完，艾爱国的眼睛周边都会脱皮，灼烧感和刺痛感是常有的。可这些，艾爱国从未放在心上。这次焊紫铜，再用白玻璃做防护是行不通了。艾爱国想办法找朋友借了块毛玻璃，继续涂上黑墨水，算是简单的防护工具了。

一项重要的焊接前，做“工艺”设计是不可或缺的，何况这是一项以前从未探索过的试验，艾爱国丝毫不敢马虎。他找出相关的理论书籍，没日没夜地研读起来，又仔细回忆起跟着师父马有芬学习焊接高压锅炉的经验，有了科学的理论支持，加上过硬的基本功，接下来，就是埋头苦练了。

每天，同事们都下班了，艾爱国便开始独自练习起来。每次一练习，便是几个小时。收工时，他的衣服常常都湿透了。

紫铜比起一般的材料焊接难度大多了，它的焊透性差，易变形，焊接时，还常出现气孔。一次，两次，三次……几天时间里，艾爱国试验了几百次，依然没有成功。他停下来思考：焊接方法是正确的，为什么焊的东西不理想？他想起了细节上的改进，将“工艺”再细化。

如此日复一日，艾爱国反复练习，反复总结，整整苦练了两个月，并进一步完善了焊接方法，终于摸索出紫铜焊接的最佳速度和频率。

“苦心人，天不负”，等到老师傅从上海学习回来，艾爱国已然能独立进行不加焊粉的紫铜焊接了。

没有经过系统学习，仅靠自己摸索，竟能自学成才？老师傅很好奇，他把项目任务交给艾爱国，决定让其一试。让他吃惊的是，原本计划两个月完工的200多米的大管道熔焊，艾爱国居然用工作8小时之外的时间，不到一个月就完美地完成了任务。有人甚至赞叹，这样的焊接质量和速度，整个湘钢上下都是极少见的。

这次摸索成功，让艾爱国明白了一个道理：世上无难事，只要肯攀登；只有不断学习，才能突破技术高峰。

因为这次熔焊，艾爱国在湘钢“名气大涨”，焊工队许多年轻的队友，遇到问题时常常来找艾爱国“取经”，而每一次，艾爱国都能解答他们的疑难问题。艾爱国工作的时候，还有人专门过来观摩，他们希望通过近距离的观察来了解和学习艾爱国的焊接功夫。

几个队友看了艾爱国焊接的过程，再细细端详焊好的成品，由衷地赞叹：“艾爱国，你可真是好样的！”

1983 年，艾爱国在湘钢动力厂进行阀门修复

艾爱国有些不好意思地说道："我还差得远呢！"他知道，自己的技术一点点进步，成绩一点点提高，很大的原因是书看得多，喜欢学习钻研新东西。那些时日，艾爱国系统地学习了《焊接工艺学》等几十本专业书籍。科技图书馆里的专业书，几乎都被艾爱国借过。而学得越多，他越感觉掌握的本领越少。

经过了一段时间的学习和摸索，艾爱国觉得学好气焊依然不够，便又偷偷地学起电焊来。没有设备和场地怎么办？他便等电焊师傅下班了，借用他们的焊把、焊罩，开始自学苦练。没有材料，怎么办？艾爱国想起了家里的烟囱管，他一咬牙，竟然把烟囱管拆下来，当作电焊的材料来练习。

岁回律转，春华秋实。历经几年的实操苦练，艾爱国终于熟练掌握了电焊技术。1982 年，32 岁的艾爱国以 8 项考核全部优异的成绩，考取了气焊、电焊合格证，成为湘潭市当时唯一持有两证的焊工。

有了"双证"，艾爱国如虎添翼。那一年，湘钢厂的三座高压锅炉过热器需要焊接，艾爱国被推为"主焊"，承接了工厂这一重大项目。他带领两名队友，兼用气焊、电焊两门技术，仅用七天的时间，便完成了 800 多道焊口的焊接，合格率高达100%。这样的准确度和高效率，在当时的湘钢极为罕见。

追求永无止境，奋斗永无穷期。过往的成绩，只是漫漫征程中的一个个里程碑，艾爱国知道，他的目标永远在前方。不久，艾爱国又从书中了解到了氩弧焊技术，从此，新的学习和挑战，开始了。

第四章 一鸣惊人

1983 年 1 月的一天清晨，寒风凛冽，湘钢厂人行道上的行人稀少，只见一个穿着单薄工作服的年轻小伙子，精神抖擞，大步流星地向办公室走去。

“艾爱国！”湘钢的办公室值班主任打开门，有些吃惊地叫道，“这么冷的天，你不在家休息，怎么到这里来了？”

“我想向领导汇报一个想法。”艾爱国抹了抹有些发红的眼睛，一边说，一边顺手抹去被寒风吹出来的眼泪。

“昨天没有睡好？”值班主任看了艾爱国一眼，关心地问。

“好着呢，好着呢。”艾爱国连声说。其实他一个晚上并没有睡着。

值班主任又看了看艾爱国，好奇地问：“什么重要的事？这么急着过来？”艾爱国停了片刻，值班主任好像明白了什么，一边给艾爱国倒茶，一边笑着说：“是关于紫铜风口的焊接？”

艾爱国点了点头，又摇了摇头：“紫铜风口的焊接可以做，焊接任务，人家能干，我们为什么不能干？”虽然是建议，但值班主任听出他的语气很坚定。

原来，冶金工业部组织联合研制新型贯流式高炉风口，如何将风口锻造紫铜与铸造紫铜牢固地焊接在一起，是项目的一大瓶颈。所有材料的焊接中，紫铜焊接的难度很高，难在大构件焊接温度不容易掌握。冶金工业部只让湘钢负责紫铜风口的锻造和铸造任务，而把最棘手的焊接任务交给这方面经验丰富的其他大钢厂完成。

而对于最棘手的焊接任务，艾爱国觉得湘钢是有这个能力接手的，毕竟当时湘钢国内“天花板”级别的焊工也有几个。甚至，艾爱国从心底觉得自己就行。

其实，就在不久前，湘钢曾派艾爱国和他的攻关组，对湘钢热电站两台锅炉的过热器管道焊缝返修进行攻关。艾爱国接到任务后，晚上在家里连夜翻书，查阅技术资料，很快设计出一套可行的焊接工艺方案，迅速地将锅炉返修成功。

多次棘手案例焊接的成功，艾爱国在领导心中的“地位颇高”。

值班主任很爽快：“这么有兴趣，就试试吧。”很快，他把艾爱国的想法汇报给上级领导。

回到家的艾爱国有几分欣喜，转而，又很快冷静了下来。他一头扎进专业书中，研究相关资料。考虑到氩气的保护功效，再加之积累的焊接经验，艾爱国大胆地提出了当时在国内并未普及的一种新方法。“手工氩弧焊接法”，艾爱国在白纸上有力地写出这七个字，继而，他托腮沉思了良久。大约半小时后，艾爱国又在纸上算起了数，画起了图，写写画画，涂涂改改。一个小时后，艾爱国看着纸上密密麻麻的参数和改了多次的图，若有所思地笑了。这是一套完整的焊接工艺方案。

当天晚上，艾爱国把方案交到了值班主任手中。

风口焊接攻关组迅速组建了起来，艾爱国为主操作手。

喜欢打有准备的仗，是艾爱国一直以来的习惯。过往成功的焊接项目，其实都不是一次就成功的，为了保证成功率，艾爱国会在项目实施前一次又一次地做“工艺”，一次又一次实操练习。这一次，亦不例外。

1983 年 4 月，哈尔滨的全国焊接设备工具年度展销开始了。哈尔滨作为当时中国的焊接摇篮，焊接设备是最为齐全的。艾爱国抓住这次机会，前往哈尔滨考察，学习研究了各种焊枪器材，并买回了当时市场上最大的焊枪。回到湘钢，艾爱国又根据自己做的具体“工艺”，改起设备来。

第一次试验，艾爱国将焊枪放进锅炉，还未焊几下，焊枪便被烧坏了，他也起了一手的血疱。艾爱国决定改良设备，他用石棉把枪把绑起来，并加长了焊把。

工作日白天上班，晚上和周末时，艾爱国便拿出改良的工具，做起了“工艺”实操。他找出隔热效果较好的绒衣穿上，然后，戴上一副普通手套，手套的外面再戴一副石棉手套，只有如此“全副武装”，才能将锅炉高温带来的伤害减少到最低。可是这最低的伤害，也常出现这样的情况——每次做完“工艺”，艾爱国全身都被汗水浸透了，双手起满了血疱。每天回家，他便把血疱一个个地挤破，然后涂上药膏。就这样苦练了几个月，艾爱国发现成功率达到 90% 左右。

“请领导申请，正式焊吧！”那是 1983 年 12 月，有些微寒的日子，艾爱国提出了埋藏心里许久的想法，他的心里热腾腾的。根据经验和大半年的“工艺”准备，艾爱国胸有成竹。

第二天，艾爱国起了个大早。打开窗，一个银白的世界出现在艾爱国眼前。下雪了！艾爱国看着一片片飘洒的雪花，内心一片火热。他昂着头，小跑着向工厂奔去。雪花飘在艾爱国的头上、衣服上、脚上，艾爱国用手接了几片，笑了，他觉得它们美极了。艾爱国想起了在陈大仙生产队下乡的一个下雪的日子，他躺在白雪皑皑的田野上，仰望着天空，幻想着自己的明天。明天会是什么样的呢？他原以为自己可能干一辈子的农活，过点知足的劳作的小日子。而如今，机会时常降临，甚至能为国家做点“大事”了。想着想着，艾爱国跑得更快了……

艾爱国第一个到了高炉风口研制点。他看了一眼风口，发现重量比自己试验的重多了，他知道，铜越大越厚，越难加热。但艾爱国并没有太在意，大半年的“工艺”经历让他胸有成竹。艾爱国开始为紫铜风口预热加热。

1985年，艾爱国参加湘钢2号高炉会战时留影

领导们、团队成员、工人们都过来了，围着艾爱国看，食堂的庆功宴也准备好了。

艾爱国拿出焊枪，目不转睛地盯着紫铜风口开始焊。一个小时过去了，艾爱国额头的汗水开始往下流，他一边稳住手里的焊枪，摆了摆头，让自己放松一点。两个小时过去了，艾爱国的脸被高温烤得通红，甚至有些发紫。三个小时，四个小时，五个小时，艾爱国仍全神贯注地焊着，精神的高度集中和内心强烈的信念，已然让他忘记了肉体的痛苦，可他的心里越来越着急了。一颗颗豆大的汗珠从艾爱国的额头掉下来，落到他的脸上、衣服上，他已然不去管它们了，他时而屏住呼吸，时而深吸口气，眼睛始终死死地盯着风口。他努力压制住内心的焦灼，表情平静，继续焊接。就这么，又焊了一个小时，整整六个小时，艾爱国还是没有将风口焊成型。

大家陆续摇头离开，攻关主任过来拍拍艾爱国的肩膀："这碗饭我们吃不成，让别人去搞算了。"

艾爱国借口不舒服，没有吃饭，回家闷头便睡。可他翻来覆去怎么也睡不着，脑子里尽是上午的操作流程。他将操作流程前前后后地回顾了一遍，思维越来越清晰。他索性爬起来，拿出笔记本，迅速地写了起来："为什么不成功？第一，我们对这个新风口的结构形式缺乏理解，只有感性的认识，没有理性的判断；第二，对紫铜的结构、厚薄、复杂性和导热性能，缺乏系统的理论指导；第三，由于缺乏系统理论的指导，使用的方法便不科学。比如，一根扁担只能承担 100 斤的重量，拿来挑 150 斤的东西，肯定承受不起。我们加热加不上来，成不了型，便是同样的道理……"艾爱国连夜给课题攻关组负责人写了一份报告，进一步分析失败原因并提出技术微调的方法，请求再给一次机会。

接下来，又是100多天的探索。1984年3月23日，冶金工业部再次批准湘钢进行试验。

重整旗鼓，开始加温。500摄氏度，600摄氏度，700摄

1985年，工作休闲时的艾爱国（记者拍摄）

氏度……不够，再加……直到800摄氏度，艾爱国继续添加焊丝，眼前的铜液柔和下来。艾爱国迅速用石棉板挡住加热的火焰，戴上石棉手套，这一次，他更平静、更淡定了。炽热的火花四溅，如点点星光洒落在空中、在地上，将周围映照得通红，艾爱国看了几眼眼前飞舞的火花，它们闪烁着耀眼的光芒，这一次，他看到了一种美丽和力量。艾爱国熟练地有节奏地焊着，一个小时过去，两个小时过去，很快，他关上了焊枪。周围的欢呼声四起，大家惊喜地发现，这一次，艾爱国只用了两个多小时，竟如此完美地完成了高炉新型风口的焊接工作。

那天，艾爱国整晚未睡，他的眼睛被灼伤了，刺痛难忍，他躺在床上，只能一次次地起来，将毛巾用冷水打湿，一遍遍地冷敷消肿止痛；他的双手和整张脸都起满了血疱，他一个个地将它们刺破，涂上药，等着它们愈合。

“贯流式高炉风口”项目成功实施后，迅速转化成了生产力，为国家带来的直接经济价值有两亿元之多。

后来，艾爱国又将此次经验写成论文《钨极手工氩弧焊紫铜风口的焊接》，并凭借该论文和攻关期间的贡献，获得国家科学技术进步奖二等奖。这次攻关，也让艾爱国在冶金行业一炮打响。全国很多地方遇到焊接方面的难题，都纷纷来寻找艾爱国。

在湘钢，艾爱国亦成为“劳动模范”。在当时拥有三万工人的湘钢，能成为十个劳模中的一员，被每一个湘钢人视为“巨大的荣耀”。

多年后，艾爱国说起这一荣耀，眼中依然闪着满足的光芒。

1985 年，湘潭市劳模宣讲团成员合影（前排左一为艾爱国）

第五章 克劳尔的眼神

1998年冬天的一个清晨，从外省前来湘钢学习的几十余人组成的队伍站在高达50米的“庞然大物”前，发出“啧啧”的赞叹声。湘钢厂负责人指着它，有些自豪地说：“你们看，它能常年在零下196摄氏度的低温下正常运行，得益于艾爱国及其同事精湛的焊技。”这是一台20世纪80年代从原西德进口的每小时制氧6000立方米的制氧机。1986年，制氧机出现故障。而制氧机的关键部件冷箱内部管道为铝镁合金，得重新一截一截地装进去，焊接起来的难度颇大。

前来湘钢指导工作的德国专家舒尔茨要求湘钢派人前往德国培训。但是，时间和资金都不允许公司这么做。“你们焊接人员有专业的上岗证吗？”“有！”厂负责人自豪地说。

就在一个月前，艾爱国和其他十多名同事，刚刚考过制氧机专业上岗证。一开始，厂里准备派艾爱国和同事前往杭州学习。得知消息前，艾爱国前往图书馆翻阅了相关资料，想做一些学习前的准备工作。这一番准备，却改变了他前往杭州学习的想法。

“厂长，厂里要派我们去杭州学习，时间和资金都要花费不少，不如，我们自己来办班学习？”

“自己办班？”

“对，我们自己办！我仔细研究了相关资料，我前阵子做的高炉风口焊接项目，用的是直流氧化，而制氧机的焊接，一般是用交流氧化完成，许多原理是相通的，我们已经有扎实的基本功，可以自学。”艾爱国话语铿锵，厂长从他坚定的眼神中看出了诸多把握。

经过几次重大焊接项目的成功，艾爱国在厂里的“话语权”也越来越重了。

“行，那我们就自己办班！”

得到认可的艾爱国心中顿生欢喜，迅速回家整理材料，忙活了起来。他开始自己编教材，一个月后，同事们拿着他编的教材开始了制氧机专业学习。

这是一次专业而严格的培训，培训完后要拿到专业的资格证并不容易，实操是考试的重点。为此，工厂还特意买来设备，供同事们练习。而艾爱国则有了双重身份。学习班里，他除了自学，还为不懂的同事解答问题。历经半年的学习和强化练习，参加学习的 17 名焊工，均顺利地拿到了制氧机专业上岗证。

“既然有专业的资格证，那你们就试试吧！”舒尔茨半信半疑。

艾爱国挑选了两位技术水平高的同事。他们采用氩弧焊法和“单面焊两面成型”工艺，大胆地进行模拟试焊。舒尔茨看到内外光洁的试焊件，脸上掠过一丝不易被人察觉的微笑。

舒尔茨开始用 X 射线检查内部组织结构，脸上的笑容渐渐舒展开来。“OK，OK，OK”，舒尔茨有几分欣喜，他没有想到，没有经过他们德国专业培训的湘钢人，竟然能焊出这么高质量的焊件。

立焊、平焊、横焊、仰焊……艾爱国和同事一道，在狭窄的空间内苦战了两个月，硬是把900多道焊口全部征服。

这个被艾爱国和同事修复好的制氧机，直到20年后被拆，都没有出现过任何问题。

1987年，首钢准备安装一台每小时制氧30000立方米的国内最大的制氧设备，在全国范围内招募专业精英。看到消息，舒尔茨第一时间想起了艾爱国。

1987年5月26日，艾爱国和两位同事前往首钢。舒尔茨将艾爱国带到首钢专业指导员德国专家克劳尔的办公室，向克劳尔介绍艾爱国，推荐其安装大型制氧机。克劳尔看了艾爱国一眼，耸了耸肩，目光中却透出一份狐疑。

“你确定，他来负责大设备的安装？”

“我非常确定。”舒尔茨言辞恳切。

艾爱国想说什么，忍住了，他憋着一股气，跟着舒尔茨走出办公室。

“我要用行动证明给你看。”艾爱国在心里默默地说。

艾爱国迅速做起了“工艺”，首先要做的是确定焊接方法。体积巨大的物体的焊接，用什么方法、如何焊才能保证焊缝的致密性，艾爱国想起了德国流行的双人双面的焊法。艾爱国知道，对于体积巨大的物体焊接，一般情况下，单面的焊接只能保证百分之五六十的成功率，而双面焊接的成功率则可达到 99.99%。

可是，这么庞大的一个制氧机，两人双面焊接谈何容易？艾爱国站在制氧机前，若有所思。这台制氧机有 60 米高，是五个自己住的房子那么大，里面密密麻麻的如蜘蛛

1990 年，艾爱国在湘钢 3 号高炉大修现场留影

网似的管道，就达几万个。这个“大房子”还不能拆，要双面焊，只能让一个人进入这复杂的狭窄的空间操作。

不管是工作环境还是焊接的复杂度，对工作人员来说，都是一个巨大的挑战。

艾爱国准备挑选一个小个子，让他慢慢地爬进去，从里面焊。

一位德国专家看着小个子一点点艰难地往前爬，建议艾爱国放弃这个看起来就很困难的方案。“算了，爬进去都难，何况焊。”“不行的，要焊接好，必须得有人爬进去。”艾爱国坚持自己的想法。以艾爱国的经验，人慢慢爬进去是没有问题的，只要注意方法。何况，他刚刚给小个子工人演示了几遍，他相信那个工人能做到。

“我知道里面很窄很窄，但是我相信你一定可以的！”艾爱国诚恳地鼓励他。小个子工人一点点地往前爬，到了一个风口，开始预热示意外面的工人同步焊。双人双面焊接技术是一项高难度的工作，一开始，艾爱国自己在外面对接，每一个点，他都无缝对接得非常完美。工人们看到艾爱国焊接的品质，对自己的要求也更高了。

焊到另一个更为狭窄的地方，几个工作人员比了比，试着缩着身子慢慢地走进去，可好几次都差点被卡住了。

“艾老师，这个地方太狭窄，人在里面也会特憋气，这个点，我们还是不从里面焊了吧？”一个工作人员请示道。

艾爱国走近风口，比画了一下，看了看周围的工作人员，他们一个个露出迟疑的眼神。艾爱国顿了顿，说道：“那一年，我成功焊接新型贯流式高炉风口，抵挡住高达 700 摄氏度的高温，是因为我不怕灼烧吗？不是。我们焊工，常常要忍受挑战身体极限的恶劣环境，能轻而易举就退缩吗？不能。做我们这个工作，光有技术是不行的，更重要的是要有一种精神。”

“我们听您的安排，艾老师！”一瞬间，大伙儿又士气高涨起来。

艾爱国有些心疼地看了大家一眼。继而，他的表情如往常一样严肃起来。他心里很清楚，要爬进如此狭窄的空间焊接，是得承受多大的困难啊！他知道，大伙儿担心的不只是狭窄的空间不好进入，进去后忍受零下 196 摄氏度的低温，也是对人最大的挑战。何况，空间太狭窄，对焊接的要求更高，面临的危险也更大。但艾爱国知道，每一道焊接攻关，不克服巨大的困难，又怎么能够成功呢？

艾爱国是一个内心柔软的人，可焊工这项工作又让他的心“坚硬”起来。

艾爱国走到小李身边，轻轻拍了拍他的肩膀。小李跟着艾爱国走到风口，按照艾爱国的示意，匍匐下来，侧着身一步步地往里爬。十几分钟后，制氧机外围一处出现了一团小红印，大家知道，小李已经成功地爬到了焊接目的地，正给外围工作人员发出焊接信号。

在现场，艾爱国负责整体布局。不同的人，安排到哪个位置焊接；不同的材料，找谁焊接最合适；谁和谁配合更到位，艾爱国了如指掌。

艾爱国作为项目负责人和主焊，将工人调配到合适的岗位，激励鼓舞他们有序完成各自的工作。仅仅16个小时，一台每小时制氧30000立方米的国内最大的制氧机，便安装成功了，这，远远少于克劳尔提出的预期时间。

第二天，克劳尔请艾爱国吃饭，舒尔茨陪同。这一次，他向艾爱国鞠了一躬，赞叹道：“早就听舒尔茨说过您的焊接功夫，果真名不虚传！”

“除了焊接水平高，还有什么秘诀，能让你这么高效地解决如此大的难题呢？”克劳尔请艾爱国介绍经验。艾爱国打趣地说：“我哪有什么秘诀，要说秘诀，那便是‘察言观色’啦！”

饭桌上，艾爱国诚恳地和克劳尔分享了一个观点："要做好工作，首先得把握好人。"艾爱国停顿了片刻，继续说："比如我们的小张和小王，工作中因为一些小事产生摩擦，你就得先安抚好他们的情绪，再鼓励他们好好工作；再如，小李在困难面前畏惧了，你就得给他打气，给他信心，他才做起来更有动力……作为负责人，把握每个工人的心理情绪，让他们调整到最佳的工作状态，才能推动项目高效实施……"

克劳尔抬头托腮，认认真真地倾听着艾爱国的分享，眼神中流露出由衷的钦佩之情。

第六章 三颗『肉质勋章』

1991年1月的一天傍晚，天色昏暗。“咚，咚，咚……”湘钢焊接组办公室传来急切的敲门声。门一开，一个戴着眼镜的中年男人气喘吁吁地问：“艾爱国劳模在吗？”来者是湘乡啤酒厂的厂长，他急匆匆地介绍自己，并表达了请艾爱国“出山”的愿望。

见到艾爱国，他紧紧握着他的手，急切而激动：“您就是湘钢艾劳模‘艾金枪’？我们厂有两口大铜锅，是一对‘大老虎’，没有您的‘金枪’，是征服不了它的。”

厂长所说的一对“大老虎”，便是1986年从意大利引进的蒸酒大铜锅。刚买进时，厂长便发现它是二手设备，漏气，且有补焊过的痕迹，但考虑价钱不贵，回国应该可以焊好，便将其引进了过来。

“可是，一晃就是五年，没有人能修好。一开始，铜锅小漏，一次还可以熬四五锅酒，到现在，渐渐大漏，完全无法使用了。”厂长认真地向艾爱国介绍完，双手作揖道，“只能劳驾您出马了！”

艾爱国一边继续询问详细的情况，一边和厂长走出车间。

抬头一看，乌云涌来，天空瞬间暗沉下来，仿佛夜晚降临。突然间，狂风呼啸，将路边的树叶吹得呼呼作响。紧接着，豆大的雨点开始落下，转眼间，变成了连绵不断的雨水。

“艾劳模，等雨停了再走吧？”厂长试探着问艾爱国。

“现在就出发吧！”艾爱国果断地回答，“早点检查，早点修好。”艾爱国迅速叫上焊工刘国庆、电工谢孝川、配管工易海清，顶着寒风暴雨，出发了。熟悉艾爱国的同事都知道，做任何事情，艾爱国从不拖延。艾爱国常和同事开玩笑，说自己性子急，这一点，随母亲。

到了厂里，艾爱国开始检查铜锅。旁边的一个年轻人嘀咕：“只怕又是一群牛皮客！”艾爱国不做争辩，心里却悬着一块大石头。

“是有些不好修啊！”他在心里嘀咕。这直径 3 米、99.99% 的高纯度紫铜大型构件，导热特别快，焊接温度最难掌握，低了，粘不上；高了，因为焊补部位在铜锅底部，要采用难度较大的仰焊，熔化的紫铜液会变成荷叶上的水珠一样溜走。要想成功，全凭一瞬间的机会，许多焊接高手也往往因此“急流勇退”了。

1991 年 5 月，艾爱国受邀到湘乡啤酒厂处理进口设备故障

事实上，对于紫铜的性质，艾爱国在1985年便有过透彻的研究，《钨极手工氩弧焊紫铜风口的焊接》这篇备受瞩目的专业论文，就是当时写出来的。可对于这么大一个铜锅，仅仅使用这些原理是不够的，难度在哪里呢？在于如何征服紫铜大锅的“怪癖”：难以控制温度。

艾爱国脑海里闪现出诸多案例，他结合实际情况，开始摸索新的方法。

车间里，“观战”的人们翘首以待。艾爱国突然来了灵感：用氩弧焊法，两面预热，对焊粉进行精心配置，选择合适的焊条……如此，一套周密的操作“工艺”在其脑海里渐渐清晰起来。

“刘国庆，你用焊枪在锅内做反面加热，我在锅外用氩弧焊焊接。”艾爱国吩咐刘国庆，他想来个“两面夹击”。

当刘国庆把铜锅烧得通红的时候，艾爱国恰到好处地在锅外控制好加热处的温度。围观者屏住呼吸，只闻艾爱国手中的焊枪发出一阵“呼呼”声。随着声响，围观者发现，艾爱国的焊枪所指之处，裂缝被焊料填实，不掉不动，平整无暇。四周传来此起彼伏的“啧啧”声。

依然是700摄氏度的高温，依然电弧光闪耀。第一天，艾爱国汗透两件毛衣；第二天，艾爱国的双层手套被高温灼穿，手上一颗颗乌紫的血疱冒了出来……第五天，仰焊的难度越来越大。突然间，三颗灼红的铜粒，带着数百摄氏度的高温沿着艾爱国的衣领，滑到艾爱国的胸脯上。艾爱国似乎闻到了皮肤被烧灼的焦臭味，疼痛难忍，可是还得忍。艾爱国明白，如果此时停止焊接，铜锅的温度便会骤然下降，那么焊接处将出现更大的裂缝。

艾爱国咬牙坚持焊了下去，尽管疼得钻心，他依然手中焊枪不停，仰卧的身子一直不动。

这样的坚持，对于常人来说，是很难容忍的，可对于艾爱国，已然是工作的常态了。温度控制，对于焊接工作来说，是至关重要的。换句话说，只有控制好了温度，焊接才有可能成功。而很多时候，为了保证焊接的质量，焊工只要一开始焊，就得持续至少五六个小时，有时甚至十几个小时。因为艾爱国是一个对工作要求尽善尽美的人，所以，他从不允许自己在不能停焊的时候，停下来。因此，他吃了很多常人吃不了的苦，也攻克了很多同行无法攻克的难关。

就这样，一天又一天，艾爱国坚持了十一天。

“你们看，这一道道裂缝，艾劳模焊得是如此平整光滑！”当艾爱国关上了手中的焊枪，厂长指着他焊好的裂缝，兴奋地赞叹道，“这么多年到处请‘神仙’，原来‘神仙’就在家门口。”

……

结束十余天不停歇地“战斗”后，艾爱国没有休息，接着又回到了工作岗位。或许是因为受寒淋雨，或许是因为劳累过度，回到家吃午饭的艾爱国病倒了，发起了高烧。

而还有三天，艾爱国就要作为代表赴京参加第七届全国人民代表大会第四次会议。妻子劝艾爱国在家休息，他却连连摇头，迅速吃完饭，去医院买了退烧药，径直朝车间走去。

此时，江麓机械厂代表王军旗正在门口等他。

“艾劳模，我们遇到棘手的问题，非找您不可了。”王军旗开门见山地介绍情况。

原来，湘乡某厂从意大利进口的不锈钢喷嘴损坏了，该厂委托江麓机械厂按意大利标准代为加工 109 套。一年多的时间里，关键的焊接工序总是过不了关。在国外，此工序是用中频感应焊或高频焊完成的，而这需要购置上百万元的专门设备。百般无奈，王军旗慕名找到了艾爱国。

可是，如此高难度的焊接，艾爱国没有接触过，更何况没有专业设备。

“江麓机械厂人才济济，你们自己都拿不下来，说明这活挺棘手，我能搞得定吗？”艾爱国微笑着回话。王军旗以为他谦虚，艾爱国心里却泛起了嘀咕：“干技术活的，最怕砸牌子……”艾爱国心里有些打鼓。

“如果您不出手帮忙，那更没人能拿得下来了！”王军旗继续坚持。

艾爱国一边摇头，一边却找起了“装备”来。

王军旗赶紧帮艾爱国一起收拾，他早就听说艾爱国喜欢“啃硬骨头”，打退堂鼓不是艾爱国的作风。

一干起活，精气神就来了。攻关现场，王军旗丝毫没有发觉艾爱国还发着高烧。

艾爱国现场做方案。头绪清楚了，艾爱国开始焊接。一个多小时过去了，第一道口的焊缝并不理想；又一个小时，第二道口，依然如故。艾爱国的额头开始冒汗。他使劲睁了睁那双因过于疲惫而有些无神的眼睛，挺直了腰杆。一股强大的精气神，瞬间将疲惫赶走。艾爱国镇静了下来，他仔细研究裂缝，突然，灵光一现。

不锈钢喷嘴由两个构件组成，一厚一薄，焊接温度如此难掌握，烧高一点便会产生铬氧化，那么，用银钎焊施焊，改小火为大火，并加快焊枪的摆动角度……此“工艺”一实施，仅仅两分钟，第三只喷嘴便成功焊成了。再往后，每焊一个喷嘴，艾爱国便只用几秒钟。艾爱国继续苦战了两个昼夜，终于完成109套部件的焊接工作。

完工时，离艾爱国到市里集合进京只有十来个小时了。江麓机械厂领导既感激又十分内疚：“艾劳模，真对不起，耽误了您开会的准备时间啊！”

此时的艾爱国累得连说话的气力都不足了。他再一次打起精神，一字一句地说：“为你们解决了难题，我开会也踏实了！”

回到家的艾爱国一头倒在床上，艾爱国的妻子高建平看到了丈夫胸前新添的三点“疤印”，心疼地对女儿说：“你爸爸又添了三颗‘肉质勋章’。”

第七章 『焊』花激昂

1998年2月5日，立春后的北京寒风料峭，中南海紫光阁里，却春意暖暖。这一天，在这里，艾爱国以“全国技术能手”的身份，受到中央领导人的亲切接见。他从领导人手中接过奖章和奖牌，内心掀起阵阵波澜。

近些年，艾爱国的名字频频见诸各新闻媒体，伴随着的，还有一串串沉甸甸的荣誉：湖南省特级劳模、全国劳模、全国五一劳动奖章获得者，中共十五大代表、第七届全国人大代表……

捧着刻着金灿灿字迹的沉甸甸的奖牌，艾爱国思绪翻滚，脑海里闪现出一个又一个熟悉的画面。

是啊！1969年，18岁的艾爱国被招进湘潭钢铁公司，那时，他还是一名小焊工。如今，这名不怎么起眼的小焊工，已然如一棵成长起来的白杨，高高耸立于丛林之中，“冒尖”了。

“艾爱国”这个名字，伴随着一次次艰难的攻关，在焊工领域已“自带光芒”，犹如他手中握起焊枪时眼前闪耀的金光。

近些年，无论是湘钢，还是同领域的其他地方，只要遇到棘手问题，便会有人想起艾爱国，大家将他称为“钢铁侠”，哪里有难题，哪里就有“钢铁侠”。

那是1993年12月，湘钢14000立方米/时空分机的空分塔外壳出现网状裂缝，上面冻着厚厚的冰层，导致制氧机无法坚持生产。几个专家过来讨论，要做一个新的外壳，至少得三个月。“这可关系着我们湘钢的效益增长点，怎么等得起？”管理层开会议论，一致认为坚决不能等。不能等，那只能修。“找艾爱国师傅！”会上，大家异口同声。

收到消息的艾爱国，带上几名徒弟，匆忙地赶到了现场。

做完全面的检查，艾爱国如往常一样开始做“工艺”。他发现，要解决问题，必须得处理好两大难题：其一，机器太大，实施焊接过程中很难保证不变形；其二，实施热处理，得选择恰当的焊接材料。

发现问题了，众人赶紧行动。从下午四点到第二天凌晨两点，艾爱国将自己关在屋子里，硬是熬通宵将“工艺”完整地做了出来。

焊接材料选对了，可是，焊接并不容易。要在零下14摄氏度焊好网状裂缝，除了对技术要求甚高，还要求速度要快、方法要妙。

这只是理论的判断。艾爱国知道，现场或许还有其他的突发状况。

艾爱国和徒弟将一尺多厚的冰层砸破，迅速行动了起来。果不其然，艾爱国发现自己和徒弟们焊好的地方，没过多久又裂开了，有的地方甚至边焊边断裂。

怎么办？艾爱国想到了一个办法：为延展空间避免破裂，一边钻眼，一边用木头塞眼，再继续焊。就这样，钻了塞，塞了焊，一个个动作，他们重复了上千遍。

如此这般苦战两天两夜，艾爱国带着徒弟们，终于将裂缝全部焊上了。第三天一大早，艾爱国走进办公室汇报，办公室主任有些不敢相信：“专家们都说，10天时间能修好，都是奇迹呢！你这个奇迹，创造得真是惊人啊！”

“我只是很着急，怕耽误太多的时间，两个晚上也都连续在做，苦了这几个徒弟。”

办公室主任抬起头，看到艾爱国布满血丝的有些发红的眼，关切地问道：“您两个晚上也没休息？不要这么拿命拼啊！赶紧回家补补觉吧！”

艾爱国笑答：“机器修好后，我都已经睡了两三个小时了，这个时间，对我来说足够啦！”说完，便又回到车间忙活去了。

后来，办公室主任从艾爱国的几个徒弟那里得知，两个夜间，艾爱国让徒弟们轮流睡了几个小时，而他自己却是一刻钟都未睡。徒弟们劝他睡觉，他却自我调侃道：“你们知道的，攻关时，我是最有劲的！”

1994年7月，益阳发电厂因发电机铸铁齿轮箱底座断裂，被迫停产，一天的直接经济损失达30万元。要购买新的齿轮箱，备件至少3个月才能到货。艾爱国被连夜请去。

“修复这样耐热的底座，一般是要靠红外线焊接的。”艾爱国到了现场，提出了自己的看法。

“可是，我们哪有红外线修复设备呢？”发电厂的领导们发愁了。

艾爱国“钻”到机器下面，认真检查了起来。十分钟后，他一骨碌站起来，拍了拍身上的灰尘，笑道：“没有条件，创造条件也要上！我可以试试，用手工焊代替红外线焊接解决这个问题！”艾爱国铿锵的语气里，带着胸有成竹的底气。

就这样，艾爱国稳稳地拿着金枪开始忙活起来，“呼呼呼……”，一天一夜工夫，铸件、底座便焊补如初。回厂前，艾爱国还将自己的焊件配方无偿地送给了该厂。

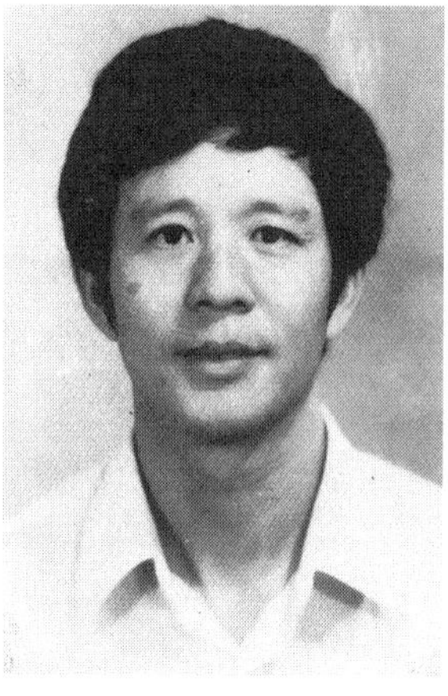

1996年，艾爱国获湖南省十佳职工的证书照

类似的故事，还发生在1994年10月。

湘钢从美国摩根公司引进的高速线材轧机，由于制造原因，重要部件花键大轴试车时出现焊缝断裂。如此，总投资5亿多元的整条作业线就面临瘫痪的风险。若外委制造方加工，至少需耗时3个月，湘钢由此将损失4亿多元的产值。而就地修复耐热钢，又不具备红外线加热和中频炉等装置。

“我来试一试吧！”紧要关头，艾爱国再一次“挺身而出”。他迅速查阅国内外的大量资料，研究方案，率领助手们土法上马，依靠手工气焊，边加热保持温度，边施焊，短短几天时间，便将花键大轴成功修复。

2005年7月，湘钢投资30亿元投产的世界一流的宽厚板生产线，因为价值60多万元的德玛克初轧机导位板发生断裂，导致停机。而国内制造的备件5个月后才能到达，亦难保证稳定使用。艾爱国再次“出马”。

到了现场，艾爱国周密观察，回到家时已是晚上。艾爱国通宵达旦地查找资料、研究，制定出一套富氩保护焊接工艺。第二天一大早，艾爱国组织8名焊工，连续奋战48个小时，将导位板焊好复位，使机器恢复了生产。

湘钢人都知道，艾爱国对待工作是出了名的“严谨”。

在艾爱国的标准里，焊接完成后，物体表面平整、美观，内里无气泡、无裂纹，仅仅才算合格。考虑到焊接方法有上百种，焊接材料有上万种，焊工根据实际情况和现场环境，判断并选择最合适的焊接工艺来解决问题，才算是好焊工。而“始终要在现场”，已成为艾爱国对所有徒弟的“铁律”要求。

在湘钢宽厚板项目二期工程中，从上海引进的采用西门子奥钢联最新技术的大断面方板坯组合连铸机准备于

1998 年 2 月，艾爱国作为“中华技能大奖”“全国技术能手”荣誉获得者参加大会

2007年5月25日投产，这将成为全球仅有的同类型铸机中的第三台。

然而，让人着急的是，直到4月中旬，连铸机的制造厂家已被连铸机回转台基座的焊接难题困扰了两个多月。

初始，艾爱国在解决另一问题，公司便派一名负责人前往上海，并邀请了几位专家一同协助上海方解决问题。十来天过去了，专家们各种方法都试遍了，材料和人工费花去几十万元，却依然没有解决问题。

4月底，刚结束项目的艾爱国还在回家的路上，一个“急救”电话打了过来，艾爱国又迅速出现在问题现场。

“焊接材料和方法没问题，可执行‘工艺’有问题。”盯着机器琢磨了几个小时后，艾爱国斩钉截铁地提出了自己的见解。

他找到代班工人，开始一一询问。

“你们有预热和热处理吗？”

“有。”

“预热了多少摄氏度，一直有人盯着吗？”

“我们让机器预热，估计了个时间，大家便吃饭或者休息去了。”

“问题就出在这里！”艾爱国说道，声音提高了几分贝。

现场工作人员都吃惊地望着艾爱国。

艾爱国重新分配了工作任务。热处理环节的半天时间，他一直在现场盯着，从未离开。找到症结，艾爱国组织制造厂家的技术人员和工人奋战十天，比原计划提前十天解决了焊接难题。

后来，机器的技术支持方德国西门子奥钢联的代表到湘钢调研，询问到此焊接难题，当得知解决问题的“功臣”是湘钢自己的员工艾爱国时，不禁激动地竖起了大拇指，惊叹道：“你们湘钢，还有如此厉害的高手！”

而艾爱国知道，近些年，自己遇到的棘手问题，绝大部分是重大项目，对于这些棘手问题，他没有一次“失手”过，也丝毫不敢“失手”。

有人好奇地问艾爱国：“对于一次又一次艰难的攻关，您是如何做到‘万无一失’的呢？”

艾爱国笑着打了个比方：“比如，我的面前摆了张极其美观、价值连城的桌子，焊好它，就成功了，没有焊好，就失败了。我对自己说，机会只有一次。当然，这一次机会的背后是我一次次经验的积累，还有无数个被验证的科学数据的支撑。”

……

1998 年 4 月，艾爱国（左一）在第七届全国人大小组会议上

走下领奖台，往事一幕幕，犹如电影蒙太奇的碎片般，在艾爱国脑中“快闪”。

二十余年，无数个通宵达旦，无数次手烂生疮；二十余年血与火的淬炼，终究练就了一把“钢枪”。

艾爱国又仿若看到了自己手中的焊枪，他的面前立刻呈现出一个炫目灿烂的“小太阳”，所指之处，融金化铁，熠熠生辉，这亮光，或蓝幽幽，或白闪闪，或若天女散花，五彩斑斓。

第八章 笔记本里的秘密

“一本、两本、三本……四十一本……”艾爱国一边数着，一边将手中的笔记本递给徒弟，他准备将这些珍藏多年的笔记本放到“艾爱国大师工作室”，供工作室的徒弟们学习。

“这可是我五十多年来藏着的秘密。”继而，艾爱国从徒弟手中随意地拿出一个本子，笑着说。艾爱国低头看，这些本子大部分已陪伴他二十多年了。这些陈旧发黄的本子，巴掌大小，页面上甚至泛着时光沉淀下的小小黑点，艾爱国抚摩着它们，视线有些模糊，仿若回到了往日的时光。

那是刚得知自己要进入湘钢工作的时候，父亲送给艾爱国一个笔记本，还在本子上写下了几行叮嘱的话。那天晚上，艾爱国在笔记本扉页郑重地写下：“刻苦学习钻研，攻克难关，攀登技术高峰。”这句话，成了艾爱国的座右铭。

后来，开始当气焊工，跟马有芬师父学徒。在马有芬那里，艾爱国学习了大量的操作要领，进而打下坚实的焊工技能根基，而要打牢深厚的理论根基，就得再找个师父，那便是技术书籍。在科技图书馆的日子里，艾爱国钻研焊接理论专著，他开始将读到的重要知识点，一点点地记下来。“那可是一座巨大的宝库。”多年后，艾爱国聊起那座图书馆，眼中依然有光。

就是在那座图书馆，他明确了第一个小的奋斗方向。

“焊工一级、焊工二级……焊工五级……”“焊工五级，能独立制订工艺方案，能焊铜……”艾爱国认真地将“焊工五级”的标准一字一字地记录在笔记本上。他在了解中发现，一般人达到四级已经很难，能达到五级，就表明进入了焊工精英标准。艾爱国第一次在心里向自己发出了挑战。

干活的时候，不方便随身携带笔记本，艾爱国便把重要项目的施焊过程和具体参数写在现场能找到的纸片上，回到班组休息室后，他拿出放在工具柜里的笔记本，再详细地写下来。艾爱国的笔记本一般都是胖鼓鼓的，因为里面夹了很多纸片。工具柜里的笔记本积攒得多了，艾爱国便把它们搬回家。

1983 年攻关的“贯流式高炉风口”项目，便是艾爱国第一次向五级焊工发起的挑战。那一次，艾爱国连续焊了 6 个小时，失败了。回到家，辗转难眠的艾爱国拿出笔记本，仔细查看几个月来的试验数据。“咦！新型风口的直径，比原来试验用的老风口明显大多了，也长多了！那么，依此数据，试验中设定的焊接温度，输入电流、电压，是远远不够的！”艾爱国对照笔记本中的参数，重新做“工艺”，如此，便迅速地解决了棘手问题。

技术攻关和创新，最难在思路。

艾爱国的技术灵感，常常在深更半夜降临。

那是 1991 年 2 月 11 日，湘钢余热炉建设工地。

艾爱国开始点将分组：李聚士副班长一组为甲组，由四个男子汉组成；艾爱国一组为乙组，由两个男子汉和一个姑娘组成。一场擂台赛悄然开始。

第一天，甲组焊了39排，乙组30排；第二天，甲组45排，乙组43排；第三天，甲组49排，乙组47排……

三天时间里，艾爱国的小组都落后了。2月13日晚上，艾爱国辗转难眠。如何以新的思路，超越现有的成绩呢？他爬起来，拿出记录的笔记本来找方法。一本、两本、三本……待到他翻到第四本时，笔记本里一个关于“分散”和“整合”的原理映入眼中，艾爱国的一个想法像火花一样迸发出来。

擂台赛的第四天，艾爱国让管工将90排管子全排上去，他一个劲儿地来个迅速点焊——把管子先固定好，然后，等别人下班休息了，艾爱国再集中一个个细焊。第五天，甲组的人一看，十分惊讶：“怎么搞的，乙组一天竟焊了90排，这真是不可思议的奇迹！”

艾爱国从笔记本里来的一个灵感，扭转了双方的比赛局面，并且，还带来了新的方法。后来，甲组也采用了艾爱国小组的方法，大家齐心协力，将原来30天才能焊完的数千根管子，只用15天便完成了。

艾爱国还对笔者说了两个有趣的故事。一天，夜深人静，艾爱国躺在床上，突然一个解决棘手问题的想法从脑

2006 年，艾爱国（右一）在湘钢 2 号高炉大修现场指导管道焊接

海中冒出。艾爱国心想，干脆让它存在脑海，第二天说不定想法会更清晰呢。可第二天，却怎么也想不起来了。灵感稍纵即逝，艾爱国追悔莫及。

某年冬日，艾爱国头一回接触到合金铸铁的焊接攻关，一连几次失败。焊接时，熔深太大，总找不到解决的头绪。一天，半夜时分，他猛然来了灵感：直流焊一般都是“反接法”，焊把接正极，温度高，熔化快，而对于铸铁这种非融合金属，难免要产生“咬肉”现象；如果改为“正接法”，温度不就降下来了吗？

夜里寒冷的天气让人直哆嗦，艾爱国趴在被窝里，将想好的方案写在一张纸上，迅速下床，塞进工作服的口袋里。

第二天再次来到试验场地，艾爱国回想起头一天晚上冒出的灵感，果然不清晰了！不过，艾爱国并没有慌张，“都写在纸上了，身边带着呢”。他有些窃喜地想。谁知，他到口袋里去掏，竟然没摸着。

艾爱国这才有些慌了，他想起曾经“塌”过几回类似的场。“今天如果又是如此，这个场就‘塌’得有点大啊——周围那么多人，都在等着看‘艾劳模’焊接攻关呢！”艾爱国越想越着急。

幸好！艾爱国在另一个口袋里找了找，终于摸到了那张纸。原来，半夜三更的，有些恍惚，艾爱国放错了地方。他赶紧把方案拿出来，照着正接的方法一试，“好家伙，来个神了，一切顺利”！艾爱国心中大喜。

从那以后，只要一有想法，不管多晚，不管多累，他都会强打起精神爬起来，将这些宝贵的思想火花记录在笔记本上。

好几次，艾爱国睡下来，一个想法冒出来了，他起身，记录；又一个想法冒出来，继续起身，记录，就这样，不知不觉地，天都快亮了。

技术攻关的紧张阶段，因为怕打扰家里人休息，艾爱国索性睡在那间只有七八平方米的电脑室里。

2008 年，艾爱国工作岗位变动，调到湘钢科技中心材料研究所，主持焊接实验室的焊接操作。“艾劳模，这是给您准备的电脑。”艾爱国走进新的办公室，人事科工作人员热情地介绍。

艾爱国坐在电脑桌前，有些迷茫，更多的是兴奋。

“从生产一线的普通工人，加入高学历人才组成的湘钢产品研发技术团队，老经验面临新挑战。”吃午饭的时候，艾爱国找到公司培训中心的小张，在他对面坐了下来。“我

2006 年，艾爱国在湘钢 2 号高炉大修现场进行管道焊接

想学电脑，怎么报名？”艾爱国一边吃饭，一边热情地询问小张。

“艾劳模，我们正在举办电脑班，您想学，明天过来就行。”小张欣喜地回答，他抬头望向艾爱国，视线正好落在艾爱国有些斑白的两鬓上。此时的艾爱国，已近花甲之年。

“但是艾劳模，您学习可不要着急，您以前没接触过电脑，先从最基础的技能学起，要有长期学习的准备呢！”

“那以你的推算，我要多久才能熟练地使用电脑呢？”小张看到艾爱国谦虚得像个学生，心想：“原来工作时严肃之极、备受众人敬重的艾劳模，这么可爱！”

“我们有很多期，每一期，我们都欢迎您来，可好？”艾爱国连连点头，可他心里却有了更多的想法。

第一期的学习周期为半年，学员们每周末上两节课。小张发现，每一次，艾爱国都到得最早、离开得最晚。

而更让小张感到吃惊的是，半年过后，五十多名学员参加考试，没有任何基础的艾爱国却排名前十。

艾爱国不仅学会了熟练地使用电脑，还学会了制表制图，制作PPT，甚至，每一个项目攻关前，他还能熟练地用电脑做“工艺”。

“艾劳模，您的学习能力甚是惊人呢！”一天，小张和几个年轻的同事，走到艾爱国面前，看着艾爱国正用电脑制图，由衷地赞叹道。

艾爱国有些谦虚地说：“学习的时候，大家都比我年轻，我得提醒自己，不能让人家说我能力不行呢！只有投入更多的精力，才不至于落到后面，要给咱们老同志争面子。”

艾爱国打开抽屉，拿出十多个笔记本，说：“你们看，这可是我学电脑记录的点点滴滴呢！”

小张和同事把笔记本一个个地翻开，只见上面密密麻麻的字迹，清晰而工整。他们终于明白，没有任何电脑基础的艾爱国，为何能在如此短暂的时间里，将电脑的各种技能学会，并运用得炉火纯青了。

“好记性不如烂笔头”，艾爱国一边微笑着说，一边将一个个笔记本收起来，轻轻地放好。

艾爱国常常拿起它们，轻轻翻阅，就像在跟老朋友们话说流年。

第九章 双翼齐飞

2008 年底，湘钢旁的枫林酒店里，一个叫李明的设计院总监揉了揉双眼，伸了个懒腰，轻轻地打开窗，朝旁边的湘钢望去，露出一丝惬意的笑容。

“终于睡了个好觉！”李明自言自语。继而，他拿起电话，兴奋地向设计院院长汇报：“你知道我找到谁了吗？‘焊神’艾爱国！”

李明已经好几天没睡好了，确切地说，是睡不着。这些天，他走访多地，寻求耐候桥梁钢项目合作方，可多方寻找，竟没找到一个他认为靠谱的合作方。最后，在行业知名人士的引荐下，他慕名找到湘钢，找到了艾爱国。当艾爱国拿出曾经的项目方案摆在李明的面前时，李明悬在心里的一块大石头，终于落了地。

“这些年，我走南闯北，和很多企业打过交道，可我从来没有见过如此翔实的策划方案，也没有见过如此深刻的‘工艺’报告。”李明越说越兴奋。

而那些天，艾爱国每晚都工作至凌晨。两个月后的一个清晨，艾爱国将一份十余页的焊接报告送到了李明手中。李明迫不及待地翻开看，连连赞叹：“完美！”他用力地拥抱艾爱国，真诚地向他道了一声，“谢谢您，您辛苦了！”

李明知道，一份如此详尽而又有理有据的报告，是花费了大量心血的！

艾爱国轻轻拍了拍他的肩，淡然地笑笑：“这么多年来，我都是这么做‘工艺’的，也辛苦不到哪儿去。”

艾爱国没什么业余爱好，除了做项目，就是做“工艺”。常常，早上上班的第一件事，便是复盘前一天的工作，看看有没有棘手的问题需要处理。晚上，下班回到家，他便一头钻进焊接的理论书籍中，研读到深夜。

“做‘工艺’……”李明似懂非懂地说，继而，有些好奇地问，“这么多年来，您又是怎么做‘工艺’的呢？”

“比如说，我们做焊工，就好像做裁缝。只会把布料缝到一起，算不上好裁缝。只有把布料缝得又漂亮又牢固，而且针对不同的材质，会用不同的缝纫办法，才叫好裁缝。如何选材，如何用材，以什么样的方法，这之中又是有很多奥妙的，而这个奥妙呢，就是我们要做的‘工艺’……”每每遇到有人提出疑问，艾爱国都会非常用心

1986 年，艾爱国对湘钢热电站 1 号锅炉大修

地解答。

“简单地说，就是根据具体情况，提前做好各种计划方案是吗？”

“这只是其中的一部分，这背后还需要掌握厚实的理论知识，每一项‘工艺’，都是需要理论做支撑的。”艾爱国细心地解释。

很多熟悉艾爱国的人都知道，对于焊接，他几近痴迷，可他痴迷的，又不仅仅是焊接这个技术活，对于背后理论的探索、思考、验证，他亦是如痴如醉。在他的心中，各种不同的理论，其内里亦如五彩斑斓的万花筒里的世界，只有深深探寻到其中奥妙的人，才知其中的乐趣。

在成功的实践中总结出深刻的理论，深入浅出地将系统的理论分解出来，信手拈来，指导实践，那艾爱国何以将理论和实践运用得“出神入化”呢？

拿金属材料的运用来说，艾爱国熟悉几百种不同的金属材料和对应的焊接工艺。手工焊接领域，难度最大的是紫铜焊接。当人们都用传统钎焊方法时，艾爱国大胆地采用气焊方法，不需黄铜焊条，不加焊粉，亦不需加热，且焊得又快又好，制伏了一个又一个紫铜焊接的“拦路虎”。

“如何掌握此门绝技？”有人曾好奇地问。艾爱国用手比画着数字，说道：“磨破了一百多本焊接书刊，写下几十万字的心得笔记。”

1983 年，湘钢建安公司派艾爱国和他的攻关组，对湘钢热电站两台锅炉的过热器管道焊缝返修进行攻关。这些管道以前焊接过，因国家提高了焊接质量标准，管道上的许多焊缝便不合格了，需要从头再焊。艾爱国接到任务后，晚上在家里连夜翻书，查阅技术资料，很快设计出一套可行的焊接工艺方案，不久便返修成功。

当年 7 月，从未写过大文章的艾爱国，开始琢磨着就这件事写篇论文。书是读过不少，可轮到自己写论文，艾爱国却犯了愁。文章格式不熟悉，专业术语要重新提炼，空闲时间又太少。怎么办？艾爱国利用一切可挤出的时间，边看书，边写作。这样，一直“磨蹭”到 10 月，这篇论文方才完成。最后，艾爱国用了三天时间定稿。这是他的第一篇专业论文。

而正是如此理论结合实践，使艾爱国的技艺炉火纯青。1983 年，在攻关“贯流式高炉风口”项目的研制前，艾爱国潜心收集国内外氩弧焊技术资料，竟有二十余本。连续几个通宵，艾爱国详细研究了图纸以及风口的材质、结构，创造性地提出了采用“钨极手工直流氩弧焊”新工

1990 年，艾爱国（五排右三）参加湖南省第二届焊接学术年会合照

湖南省第二届焊接学术年会在我市召开
会代表留影 一九九〇年十一月于

艺，并一举获得成功。那一次的攻关，艾爱国还获得国家科学技术进步奖二等奖，亦是参加此次攻关的9名获奖者中唯一的工人。

后来，艾爱国又将攻关经验撰写成《中型高炉锻压端头的“宝钢型”高炉风口铸造、锻造、焊接工艺试制总结》一文，获得市优秀论文奖；《钨极手工氩弧焊、紫铜低压容器——高炉风口水套的焊接》一文，获得省焊接学会学术论文证书。

在多年的攻关实践中，艾爱国亦创造了“直流非熔化极手工氩弧焊操作”“铝合金单面焊双面成型”等多项新工艺，并写成了论文。1997年，艾爱国创作的《紫铜氩弧焊接操作法》，获市职工技协优秀成果奖，并被湘钢命名为“一级先进操作法”，向全国推广。时至如今，国内掌握此先进操作技术的人，仍十分稀少。

机遇偏爱有准备的人。

那是闯过高炉风口焊接关后的第二年，湘钢从国外引进了每小时6000立方米制氧机。此机关键部件冷箱内铝镁合金管道的焊接难度极大，尤其在深冷状态下，不泄漏更是难上加难。

“你们给我一年的时间。”在一次大会上，艾爱国表

1990 年 8 月，全国攻克焊接难题经验交流会成员合影（四排右五为艾爱国）

态，那是艾爱国独有的一种声音，洪亮里透着坚定和自信。就这样，整整一年的时间里，理论，实践，再理论，再实践……艾爱国沉浸在摸索的旋涡之中。他和他的战友，硬是把那900多道铝镁合金焊口全部征服，并撰写出论文《钨极手工氩弧焊铝及铝合金单面焊双面成型工艺》。正是怀揣这篇论文，艾爱国应邀去首钢参加了从国外引进的30000立方米制氧机的安装焊接任务。

彼时，艾爱国正是因为钻研了相关焊接理论，揣摩学习了焊接工艺参数，才大胆地尝试“双人双面同步焊”新工艺。他马不停蹄地又撰写了《30000立方米制氧机铝焊的总结》一文，在国家级专业期刊《焊接技术》杂志上发表，引起焊接领域的巨大反响。

在首钢制氧工程指挥部中外专家讨论会上，艾爱国有条不紊地分析焊接背后的原理和方法。话还未结束，现场已是掌声雷动。

“我觉得您比我们这个专业的博士研究得还透彻，请问您在哪里深造？主攻哪一领域呢？”会后，一位国外专家握着艾爱国的手，有些激动地问。

“我都是自学的。什么都学点，学得很杂。”艾爱国微笑着点头，继而又说道，“知识更新日新月异，我应该向

1999 年，湖南省焊协第一届二次常务委员合影（前排左三为艾爱国）

2005 年 10 月，湖南省焊接学会学术交流暨年会成员合影（三排右六为艾爱国）

你们这些大专家学习啊！”

“您就是真正的大专家啊！”

艾爱国连连摆手。恍惚间，他想起了“上山下乡”响应国家号召成为知青的那些日子。一个念头突然在脑海闪现：“如果当初，要是读了高中，再读大学，后来的生活会是怎样呢？”

艾爱国再次回想起了父亲在他去湘钢工作前和他吃的那顿饭，给他送的那个本子。“当工人就要当个好工人。”这句铿锵的话，连同父亲慈祥的样子，在他的脑海中不断闪现。

这是艾爱国内心最有力的声音，是他的信念。

“千磨万击还坚劲，任尔东西南北风。人只要有信念，千回百转中，梦想终究将实现。”后来，艾爱国又将此时心里想的话，告诉了一个又一个徒弟。

五十多年来，只有中专文化程度的艾爱国，自主创新，多次主持国内和湘钢重大项目、重要工程的焊接技术攻关，为企业攻克了400多项焊接技术难题，改进焊接工艺100余项，获得多项发明专利，并担任国内焊接教材的编审工作，编著《最新锅炉压力容器焊工培训教材》《焊接技术及自动化》等多本书籍。

在湘钢技校，身为顾问的艾爱国，有时候也拿起自己

2008年，艾爱国在湘钢高炉进行管道安装

编写的书，给学生们讲课。

“理论是实践的灵魂，实践是理论的翅膀。我们做焊接，不能仅仅凭经验、凭推测。焊接材料用什么，采用什么方法焊接，需要多少人，材料是否需要预热，预热温度多高……这些，都是有科学的理论支撑的。每一次焊接前，我们都需要扎扎实实，做好‘工艺’……”春天的一个清晨，安静的教室里，阳光洒在艾爱国有些发红的脸上，他神采飞扬地比画着，阵阵如洪钟般的声音，和着窗外清脆的鸟鸣声，如一首丰富的交响乐，时而雄浑，时而柔美，时而激昂，时而热烈……学子们屏气凝神，听得如痴如醉。

第十章 坚守

“一步、两步、三步……”艾爱国的妻子高建平一边目不转睛地盯着电视屏幕中的丈夫看，一边在心里数着数。“这样的大型场合，表现还不错。”高建平正心里表扬着艾爱国，只见艾爱国三步并作两步，往前走去。“还是这么风风火火。”妻子自言自语，内心有些责怪起来，而更让她吃惊的，是艾爱国脚上穿的那双鞋。

“这可是每天在焊工车间穿的工作皮鞋！这么正式的场合，怎么能穿这样的鞋呢！”妻子的心里有些不悦。

这一天，2021 年 6 月 29 日，“七一勋章”颁授仪式在北京人民大会堂隆重举行。艾爱国作为湖南唯一的“七一勋章”获得者，正走上台接受习近平总书记的颁奖。

回到家，妻子见到艾爱国，原本要将他“数落”一番。还未等妻子开口，艾爱国便笑着说：“我穿这双鞋，舒服！”

妻子欲言又止，艾爱国继续说：“这可是我的劳保鞋，象征着我这么多年，坚持走的路，断不掉的根呢！”

其实，妻子知道，艾爱国在如此隆重的场合穿上这么一双鞋，不只是因为这双鞋之于他的情怀，而是更喜欢这样的生活方式，简单、方便。

对于此次领奖，艾爱国心里是很重视的，毕竟，这可是他人生中的殊荣。进京之前，几十年来都穿着蓝灰色工装的艾爱国，特意置办了一身行头。西装虽然有点儿紧，但勉强能穿，定制的皮鞋却很不舒服，走路打脚。

“犹豫了很久，想换双更舒服的，但我平时的衣服、鞋子确实不多，只能穿湘钢发的工作皮鞋了。”在回湘接受电视台采访时，艾爱国有些不好意思地说。

“几十年了，我已经习惯了，”妻子接受采访时淡淡地说，“近些年来，随着经济的发展和物质生活的丰富，广大人民的生活条件越来越好，吃得好，穿得好，用得好，乃人之常情，可是，我们家老艾，这方面一直有些落伍呢！”她指着家中唯一的生活电器——冰箱，对记者说：“老艾几乎不愿意添置家具，更别说买电器了。这个冰箱，还是因为他以前每天焊东西，眼睛灼烧得通红，得用毛巾敷冰块才买的。”

艾爱国听着妻子说话，脸上始终带着微笑，不停地点头。

在艾爱国看来，添置更多的东西，便是累赘。艾爱国喜欢简单干净的生活。每天，他将家里打扫得一尘不染，即使用了几十年的灶台，如今看上去，依然锃亮光洁。

“那他在意什么呢？”

“工作。”妻子言简意赅地回答。“我没什么业余爱好，不抽烟，不喝酒，不打牌，不爱出去玩；平时，不在厂里，就在家里，最喜欢的是看书，写文件，查资料；厂里吃饭在食堂，家里吃饭煮面条，什么都好，就是一样不好，没有拉动 GDP。”艾爱国调侃自己道。

一身泛白的蓝色工作装，一双皮鞋，推着自行车，偶尔，一边推车一边啃着馒头，几十年里，艾爱国的“标准”形象，深深地印刻在老同事们的记忆里。

不仅如此，艾爱国还有一个公认的特征：走路飞快，永远充满精气神。

“人，总要有一点精神。”在几次讲座上，艾爱国提出了一个问题：“人的精神，从哪里来呢？”“从热爱中来，从热爱的工作中来。”艾爱国自问自答。“一个十几亿人口的大国要发展，全靠金钱来买积极性，行吗？”艾爱国曾向许多人发问。

一次，湘潭大学邀请艾爱国作报告，有学生也提出了“钱”的问题。有人递上一张条子：“艾劳模，您在本单位的贡献暂不讲，只讲您1983年以来用技术支援过14家工厂。据说有人调查过其中5家，因您支援而获益创造的价值在1100万元以上。因为您大部分是业余支援，拿一点回报完全有理，而您却都拒绝了。您就不觉得这是个不该损失的损失？如果是我，就不会这么干。我们做事，应该讲价值，也应该讲金钱，您说呢？”

艾爱国一字一句地把条子念完，笑了。他问道：“你们是不是觉得，我有点落伍啊？”继而，他又慢慢地说道：“人，是需要钱，因为要吃饭、要穿衣，我也不例外。但我时常叮嘱自己，不能将自己的一身骨肉都钻进钱眼里去。请问那些为新中国诞生而捐躯的烈士们，他们的宝贵生命能用多少钱来作价……人要干一番事业，总要有一点精神，总要有所坚守。”

有几个故事，在湘钢广为流传。

那是 1998 年 2 月 21 日，星期六，艾爱国和同事杨班长背着工具箱，匆匆地赶往市水泥厂。

春节过后，处在困境中的市水泥厂组织生产自救。可在这关键时刻，制成车间的机器却坏了。修吧，没人；换吧，没钱。水泥厂的领导想起了 20 世纪 80 年代曾支援过

1998 年，艾爱国为企业遇到的焊接技术难题进行解答

1998 年 10 月，艾爱国（三排左二）参加公司厂庆大合唱

1998 年 10 月，艾爱国（左一）与公司总经理林武合照

该厂的“艾劳模”。“艾劳模”名气大，有人担心请不动。厂领导抱着试试看的态度，找艾爱国求援，未曾想，艾爱国非常爽快地一口答应下来。

到了水泥厂，艾爱国马不停蹄地直奔车间，开始抢修。直到下班时间，他未喝一口水、未歇一口气。厂领导歉疚道：“艾劳模，吃完晚饭再修吧！”艾爱国扬扬手：“再干一会儿，就可以修好了，干脆一鼓作气，修好再吃饭，也不迟。”

电灯亮了，车间里一片通明，冷飕飕的寒风和刺眼的弧光中，只见艾爱国额头上豆大的汗滴，一点点地往下掉。晚上8点多，艾爱国慢慢地直起身，长吁一口气：“修好了，我要回家了！”

临走，厂领导将红包塞给艾爱国，未想遭拒：“如果我收了红包，那下次就再也不来了。”艾爱国习惯用这样的方式拒绝。

名气大了，找的人自然多，其中不乏有人请艾爱国“下海”。某年，艾爱国曾帮助深圳某公司解决过一套不锈钢设备的泄漏问题。此设备几经焊补，越补越漏，公司老板心急如焚。艾爱国一到，不到几分钟便焊好了。老板兴奋地拖住艾爱国说：“您真是难得的人才，到深圳发展吧！

我给您高于常人几倍的薪酬！”艾爱国果断地摇了摇头。

彼时，其实是艾爱国最需要钱的时候，在攸县老家年迈的双亲需要养老；岳父没有经济来源，亦需要负担；女儿正在上大学，一年的费用七八千元；分的新房，需要装修……可是，艾爱国有一条铁打的原则：绝不替人干私活。要支援，请找湘钢联系；要付报酬，请付给湘钢。“我是湘钢培养的，我的技术属于湘钢。”来请的人多了，给报酬的也多了，但艾爱国一直分文不收，只如此解释。

1989 年冬天的一个深夜，四周一片漆黑，艾爱国家里灯火通明。“艾伯伯回来了！”家中的一个小孩看到艾爱国手中提着一个袋子，有些兴奋地喊道。几个孩子纷纷走了出来。这些小孩都是艾爱国的晚辈，听说艾爱国这一天要从德国回到家中，他们很好奇，都不肯睡去，想看看艾爱国从德国带来了什么“宝贝”。

他们争先恐后地翻开艾爱国手中的袋子，一个个失望地叹气离去。原来，艾爱国带来的是两样东西——焊条和焊剂。

“伯伯，听说别人出国都带免税商品，吃的用的，又实惠又高级。你怎么不给我们带一点纪念品啊！”一个年纪稍大的孩子有些委屈地问道。

“啊！我都忘了……”面对孩子们的“质问”，艾爱国有些不好意思。一旁的妻子赶紧拿出准备好的糖果来，她早就知道，艾爱国感兴趣的，永远和工作有关。

其实，艾爱国家里是常备零食的。常常，一些农村来的青年学徒没地方住，艾爱国都会想办法腾出个地方来，有时候让他们住办公室，有时候让他们住家里。一开始，徒弟们都会带礼物去家中，可后来再没人会带了，因为艾爱国从不允许他们带礼物，却常常默默地为他们准备一桌子零食。

而对那些学徒来说，艾爱国平时有求必应，一到过年过节，却“无影无踪”。

有一年过年，徒弟们提着东西登门拜访，敲门无人回应，便打电话。只听电话那头传来一个声音：“我在厂里忙着呢！”徒弟们急匆匆地赶到厂里，找了一圈，却不见人影。他们继续打电话问，艾爱国却改口了：“我还在散步呢！”外面下着大雪，散什么步呢？徒弟们明白了，自己的师父其实就在家中，他只是不愿意麻烦他们，也不想收礼，才不得已如此“撒谎”。

不止生活简单，连人情往来，艾爱国都怕麻烦。“几十年来，我们家从未办过生日宴，有些亲戚好久见不到我们，还常常抱怨，说我们太抠门了！”艾爱国笑得有些腼腆，解释道，“其实，是我不喜欢被打扰，有这点时间，我还能多做几个‘工艺’呢！”

“你每天只这么工作，难道不觉得累吗？”常常有人这样问艾爱国。“我热爱这份工作，再苦再累，对我来说，都不算什么，因为，我把工作当成最大的乐趣。”他总是微笑着回答。有时候，他还会开心地补充道：“有人问我，一个七十多岁的人，走路怎么比年轻人都快？我说，这就是情怀。”

2015年3月，艾爱国正式退休。诸多企业欲高薪聘请他，都被艾爱国拒绝了。他选择以退休返聘的方式，继续留在湘钢工作。“湘钢培养了我，只要企业还需要，我就不能离开。”

艾爱国在湘钢工作了一辈子，最高职务就是焊接班班长。“我一辈子，只做一件事，那便是当好一个工人。”艾爱国说这话时，一脸的笑容。

艾爱国生活照

第十一章 “焊”卫中国心

2019 年 8 月 23 日午间，湘钢一会议室，掌声此起彼伏。几十名焊接工人围桌而坐，朝着正在播放新闻的电视看去，喜笑颜开。艾爱国正对着电视，目不转睛，脸上也渐渐地露出了笑容。继而，他又向四周望去，见同事们如此高兴，他心里更欢快了。

电视里依然在播报新闻：湘钢首次批量生产的 600MPa 级及 800MPa 级“超级水电钢”出厂，并顺利验收装船，将远渡重洋应用于巴基斯坦苏基克纳里水电站项目。该批次“超级水电钢”是湘钢自主研发品牌，创下两项世界之最。

“又是两项世界之最，艾老师，您又立了大功了！”一名焊工兴奋地不禁喊出来，向艾爱国望去。艾爱国连连摆手：“千万别这么说，这是大家共同的功劳，是我们湘钢人共同的荣誉呢！”

每次湘钢焊接工程有突破性的进展，大家都会向艾爱国道喜，可艾爱国从来不愿意“受功”，因为他觉得，每一项工作都是集体劳动的结晶。可湘钢的焊接工人不这么看，他们知道，关键部位，多亏艾爱国“主导”。

此次批量供给项目的压力钢管用水电钢，属于湘钢自主研发品牌，被称为“超级水电钢”，创下了两项世界纪录——最大厚度为144毫米，为目前全球范围内使用厚度最大的800MPa级水电钢；高厚径比达到3.5，超出标准设计要求。

可这两项纪录的突破，并不容易。

艾爱国想起了三个月前，湘钢刚承接到该项目钢板供货的业务时，开的一场意义非凡的讨论会。

“巴基斯坦苏基克纳里水电站项目，是‘中巴经济走廊’‘一带一路’的重点项目，这个项目所需水电压力钢管用钢板，全部由湘钢独家供应。这可关系到我们湘钢的形象，不，更重要的，是关乎我们整个国家的形象……”

“如何保证钢板的质量，关键点在制造工艺。”

“这个工程技术要求高、难度大，对我们来说，首先必须应对挑战。可是，我觉得，既然代表国家形象，我们不仅要保证工程的质量，更重要的是，还要有创新、有突破。”

“既然要创新、突破，从哪些地方入手呢？”

会议室里，项目代表们你一言我一语，各抒己见。艾爱国细心地聆听，陷入了沉思。渐渐地，他心里的想法越来越明晰。

散会的时候，艾爱国提出了自己的看法：“既然是野外施工，我们可以考虑施工条件和环境，针对此方面做相关改善。”

方向明确了，便是行动。从那以后，艾爱国投入了艰难的“工艺”思考中，他要为这么一个大工程，做好“工艺”。有着多年“工艺”经验的艾爱国，惯例性地拿出了所有相关的书籍、资料，反复研究。有时候，同事们见他伏案几个小时没有动身，走上前一看，只见本子上写着密密麻麻的参数。涂了又改，改了又涂。

每一项缜密工程的背后，都有极为准确的数据做支撑。多年来，艾爱国便是靠一次次用心的“工艺”，让自己在实践中胸有成竹，也正是这一次次用心的“工艺”，保证了一次次项目的成功实施。

一天又一天过去，同事们看到艾爱国，不止连续伏案几个小时，有时候一整天，除了吃饭，上洗手间，他便一直埋着头翻阅资料，或者写写画画。一天，天刚蒙蒙亮，艾爱国焊接工作室的徒弟小田送完亲戚到机场，早早地到了单位。来到工作室门口，见里面的灯依然亮着，小田心想：“这是谁昨天这么粗心，居然忘了关灯！”进去一看，只见艾爱国伏在桌上，睡着了。小田轻轻地唤了声：“师父。”艾爱国没有回应，他才明白，原来艾爱国一个晚上都没有回家。后来几日，小田又发现，艾爱国的工作室里多了一张收纳床。

15天后，在第四次讨论会上，项目组工作人员的桌前，摆着一份足足有二十多页的材料。项目实施组正是根据这份缜密而科学的材料，完成了项目焊接最重要的创新：在较低预热温度甚至不预热的情况下，均可对80公斤级水电用钢实施焊接，并且，能确保焊接不出现裂纹。而此次焊接的顺利实施，为后续的两大世界纪录的突破，提供了可靠的技术保证。

“艾老师，您带着我们走向世界，您可是我们的荣耀！”一间会议室里，一个响亮的声音想起，打断了艾爱国的回忆。

艾爱国连连摆手，脸上露出欣喜的笑容，这一刻，他的心里有一种说不出的甜。

是啊！这些年，湘钢已不只是在中国钢铁行业享誉盛名，因为各种出口重点工程项目，湘钢已然享誉海内外。在各种出口重点工程项目中，湘钢代表着的，不只是湖南，更是中国的形象。

阿联酋迪拜光热发电项目，巴西国家石油炼化项目，俄罗斯阿穆尔天然气化工项目，英国英力士 ABS 风电项目，埃及东部沙漠天然气项目，尼泊尔那苏瓦卡里水电站，老挝南俄 4 水电站，新加坡海上风电项目，泰国石油情节能源项目，克罗地亚佩列沙茨大桥，缅甸道耶卡水电站，埃塞俄比亚吉布水电站……艾爱国如数家珍。近年来，湘钢参与的项目已然遍及世界几十个国家，而每一个“走出去”的项目，艾爱国都是其中重要的参与者。过往一幅幅“奋战”的画面，在艾爱国的脑海中浮现出来。

而最清晰的，便是艾爱国第一次出国。

那是1989年，湘钢从原西德引进880立方米二手高炉设备，艾爱国被选拔出国，进行炉体拆除。

要拆除的高架通廊达500米，里面聚集了厚厚的一层毒粉尘。艾爱国钻进通廊，开始除尘，再做切割。连续几个小时，见艾爱国没有停歇，一同来的单位领导在通廊底下喊起来：“艾师傅，休息一会儿再做吧！”艾爱国没有停下手中的活，回答道：“在国外工作，时间有限，我得争分夺秒把事情做好，才不丢脸呢！”

吃饭的时间到了。艾爱国往下看了看，约莫算了下时间：从通廊走到出口，要十来分钟，再从通廊沿着阶梯下去，又得几分钟，这上上下下，就得花半个多小时。艾爱国决定让人把饭用篮子吊上来，自己在通廊旁边吃。

吃饭的时候，艾爱国才发现，旁边的其他设备并没有停止运转，四周的灰尘漫天飞舞，他狼吞虎咽，将饭和灰尘一并吃了下去。

到了拆除高炉出铁场防护板时，更是艰难。铁板锈迹斑斑，艾爱国只能仰卧着做切割。割枪火焰吹过铁板的那一刻，那些氧化的铁皮如惊马似的乱窜狂舞，直往艾爱国的脸上蹦、脖子里滚。艾爱国想挪动一下身子，一不小心，切割的氧化皮喷到了脖颈上，瞬间，一串血泡冒了

1989年，在西德参加二手高炉拆卸有关人员合影（一排右三为艾爱国）

1989 年，在西德参加二手高炉拆卸有关人员合影（一排右二为艾爱国）

出来。“赶紧去休息一下吧！”周围的伙伴劝道。“在外干活，要为国争光，这点轻伤算什么呢！”艾爱国继续干着活说道。

一天，中国驻德国大使馆王参赞来看望艾爱国工作团队。艾爱国刚从灰雾腾腾的通廊里钻了出来，满头满面都是黑灰。“你就是我们的人大代表？”王参赞有些不相信似的看着艾爱国问。艾爱国刚到西德时，王参赞就听说艾爱国获过国家大奖，并且作为工人代表，参加了1988年第七届全国人民代表大会。他早就听说“艾代表”是个“特别”的人。艾爱国笑道：“是的！”

王参赞拍着艾爱国满是灰尘的肩膀，笑着说：“你真不简单。你们在这里拆炉子，德国许多报纸报道，中国工人在这里干活吃得苦，不怕死，那些抢新闻的记者要是知道有个人大代表钻在这个黑洞里拼命地干，不把你们这个工棚的门挤破才怪哩！”

“这正好说明我是一个合格的工人代表啊！”艾爱国拍了拍身上的灰，笑着回答道。王参赞向艾爱国竖起了大拇指，艾爱国心里暖暖的。

参与见证的人都知道，高炉设备的拆除，整个过程都很辛苦，艾爱国却只字未提。他只记得，那一次，他比预期时间提前了半个月完成任务，当几个外国友人向他竖起大拇指时，他的心里甜甜的。

在那里，还有更美的记忆，令艾爱国终生难忘。

一天，大雨倾盆。艾爱国冒雨乘车四个小时，前往特利尔市布尔肯街10号，瞻仰马克思旧居，除了待在工作场所和宿舍，这是他在西德工作几个月里唯一去的地方。

艾爱国细细观看马克思及家人留下的照片、资料及一件件实物，心中有些振奋。如此近距离地和世界伟人、自己心中的偶像“对话”，是多么开心的事！参观完毕，艾爱国走到马克思铜像前，让摄影师给他拍了一张照。继而，他又虔诚地在留言簿上，写下几行遒劲有力的字：

> 无产阶级的先驱，共产党人的导师，我们永远怀念您，学习您！

艾爱国端端正正地签上自己的名字。这一次，他深深地告诉自己，要像马克思一样，有远大的抱负。而他的伟大抱负，便是为国争光。

此后三十多年的时光，这一信念如一束光，照耀着艾爱国，让他在荆棘中看到前行的路，在苦难中寻到希望。

近些年，随着湘钢板材销往全世界，艾爱国的一抹抹夺目焊光，也一并燎原了中国制造的崛起之路，“焊”卫了一颗颗火热的中国心。

第十二章 请别忘记我永远不变黄色的脸

2021 年早春的一个清晨，经典老歌《东方之珠》熟悉的旋律在一辆白色的车内缓缓飘扬，艾爱国的女儿艾高蓉手握方向盘，将车速降了下来。艾爱国和妻子坐在后座，陶醉在多年前的一首老歌中。

此时，这辆车正行进在一座特别的桥上。这座桥，在南海之滨，“凌驾”于波涛之上，以卓越之姿，连接起了香港、广东珠海和澳门。

又一年了！艾爱国心中感叹。近几年，艾爱国一直忙

2000 年，全家合照（一排右二为艾爱国）

自己的工作，无暇陪伴妻子，退休的妻子便跟随女儿住在她广东的家中。每一年过完年，还没有正式上班的时候，艾爱国便会抽空来到广东，看看妻子和女儿。而这一次，他不只要看看妻儿，还要看看这座桥。

自从 2018 年 10 月 24 日这座桥正式通车，艾爱国已然在心里埋下了一个念想：一定得抽个空，亲眼见见凝聚着自己深深情感的一座桥。可两年来，艾爱国的工作日程实在是安排得太满，看桥的愿望只得一次次推延，直到此时。

艾爱国朝车外望去，只见蔚蓝的海水延伸至天际，与无垠的天空交相辉映，宛如仙境。艾爱国坐在车上，感觉自己是在大海与天空间的一座神秘通道间穿梭。

艾爱国想起过往的点点滴滴，曾经艰辛却美好的记忆与眼前的奇观异景，奇妙地连接了起来。

2012 年的一次晨会上，一个振奋人心的好消息在湘钢传播开来：港珠澳大桥 4 万多吨桥梁钢定制焊接工艺，由湘钢承接了！同一个梦想，同一份荣耀，一时间，湘钢各部门上上下下都沸腾了。

作为湘钢的焊接顾问艾爱国，再一次被推到了“风口浪尖”。

会上，一双双充满期待的眼睛向艾爱国望去，艾爱国看着大家，喜悦中流露出一种从容的淡定。

港珠澳大桥是世界上最长的跨海大桥，也是中国桥梁建设史上技术最为复杂、环保要求最高、建设标准最高的“超级工程”。要在这样的“超级工程”上做“裁缝”，如同在高空钢索上行走。

如此浩大的工程，如何保证焊接质量和稳定性？用什么焊接方法和焊接工艺？艾爱国脑海里迅速地闪现出一个又一个问题。

要攻克如此巨大的难题，首先还是做“工艺”。艾爱国又开始了夜以继日的摸索。

每次接重要项目的时候，艾爱国都比往日起得要早。早晨6点半，焊接工作室的灯光再次亮了起来，明亮的灯光下，艾爱国沉浸在一个繁杂有序的世界里，摸索、思考、校正、计算……

大桥要能抵抗16级台风、8级地震和30万吨巨轮的撞击，每一块钢板的厚度、材质均不一样，现场是一个什么情况……如何解决这些问题，这一切都在艾爱国前期准备的“工艺”之中。

就拿焊接方法和焊接材料来说，种类已经多得不计其数，而这些，有着几十年焊接经验的艾爱国已然了如指掌。在他的心中，上百种焊接方法、上万种焊接材料的特性和使用，这些原始的素材井然有序地排列着。什么时候用什么方法，用何种材料，对他来说，已然是熟练地“掌控”了。可是，现场的应对，尤其是如此重大工程的现场，是丝毫不能马虎的。

艾爱国知道，尤其是像港珠澳大桥这样的大工程，即使前期的“工艺”做得再完美，但现场的情况只要有一点点不同，焊接好的钢板都会成为“废板”，如若不小心用上，将会造成巨大的灾难。

“必须根据现场要求定制不同的焊接工艺，关键焊接部位哪怕出现 0.01 毫米的误差，后果也将不堪设想！”在一次焊接小组会议上，艾爱国严肃地说。会后，焊接小组的工作人员窃窃地说：“这么多年来，可从未见过‘艾劳模’如此严肃。”

“关乎生命的事情，哪能不严肃！尤其是稍不留神就存在风险隐患的问题，哪能不重视？”艾爱国一次又一次将“风险”的概念摆在桌面提出来。焊接组的工作人员已然不记得开了多少次大大小小的会了，他们心里清楚，“安全”这两个字，已经深深地刻在每个人的脑海里了。

焊接前最为关键的一环，便是焊接试验。按照艾爱国提出的方案要求，焊接试验均是模拟现场施工环境来进行的。

60 毫米厚、600 毫米长的钢板仰焊，是此项目焊接中的一个难点。

艾爱国让工人用叉车将厚重的钢板吊在半空中，准备蹲下来，示范做仰焊。

焊接位置有平位、立位、横位、仰位四种，仰焊位被认为是最难的，焊接坡口向下，焊工需仰头向上。电焊时，火花会从头顶的四面八方溅下来，掉到脖子里、落到衣服上。

“师父，我来！”作为此项目焊接组的组长，艾爱国的徒弟欧勇自告奋勇。

焊件的温度高达700摄氏度，而手又离焊件非常近，欧勇的双手包了好几层帆布，还戴着手套。他右手持焊枪，左手拿焊丝，开始焊起来。为了防止焊件降温过快，艾爱国在一旁加热，让火来回摆动，以让焊件受热均匀。

不一会儿，欧勇的手有些颤抖起来，焊接自然不到位。

“你先休息一下。”艾爱国把手套一戴，操起焊枪便焊了起来。没有颤抖，只有四溅的焊花，刺耳的滋滋声，焊丝燃烧时的特殊味道。不一会儿，一条20厘米长的焊缝便焊接完了。

艾爱国取下手套，露出满手的水疱和血疱，欧勇的眼眶湿润了。原来，师父是百炼成钢，炼成了不怕高温的特殊“材质”。其实哪有什么特殊“材质”，艾爱国只是有着钢铁般的意志力而已。

这一幕，也被四周的焊接工作人员看到了。他们一个个拿起了焊枪，行动了起来。艾爱国的大无畏表现，已然让他们没有丝毫惧怕。

焊接场面和谐而热烈。试验场里，几十名工作人员齐整地仰视着，目不转睛地盯着焊缝，平稳又迅速地焊接着。

艾爱国继续加入了焊接队伍。他的脖子和背上很快被烫出一个个水疱，大如蚕豆。即使再痛，也不能动。由于艾爱国蹲着，许多火星子都被腿窝子接住了，不到一天时间，在大腿和小腿之间，膝盖后边的裤子，已被烫出了窟窿。

几天后，焊接组的工作人员发现，大部分人已经习惯性地歪着脖子。大家都心知肚明，每天，同一焊接姿势保持8个小时，脖子不歪才怪呢！可偏偏艾爱国没有。后来，大家都明白了，这样高难度的仰焊，对于有着几十年焊接经历的艾爱国来说，已是非常习惯的事了。

调入焊接研究工作领域的艾爱国，其实只需要做好研究、做好焊接前的“工艺”，就算是完成了本职工作。可每个项目，艾爱国总要“亲力亲为”，大部分时候，他一定会赶到现场，若出于工作的其他安排，即使不到现场，也一定会出现在模拟现场。

在艾爱国看来，“工艺”做好，只是其中的一部分，若要保证项目成功，就得事先做好准备应对现场的客观性因素以及突如其来的变化。这是他区别于常人的敏锐“发现”，也是他多年的经验总结。几十年来，之所以项目的成功率能达到100%，从没有做过失败的项目，现场的把控也是关键的一环。

这是艾爱国一辈子坚守的原则。

艾爱国又想起了为北京大兴国际机场现场做模拟焊接的日子。

北京大兴国际机场堪称“世界级工程奇迹”，是工程建设史上的典范之作，湘钢承接了其相关的焊接工作，艾爱国亦参与了此项工程。

2016年7月底，到了现场模拟焊接攻关的时段，艾爱国如往常一样，出现在模拟现场。

而大家不知道，那些天，艾爱国因几天前抢修一个工程，冒着大雨工作了几个小时，正感冒发着高烧。大家给艾爱国打电话，劝他在家中休息，都一一被他拒绝了。

大兴机场为垂直叠加式设计，很多焊接工作都得在高空中进行。在模拟现场的好几天，艾爱国被“吊”在空中，做示范焊接。艾爱国既要随着吊椅摆动来回焊，还得

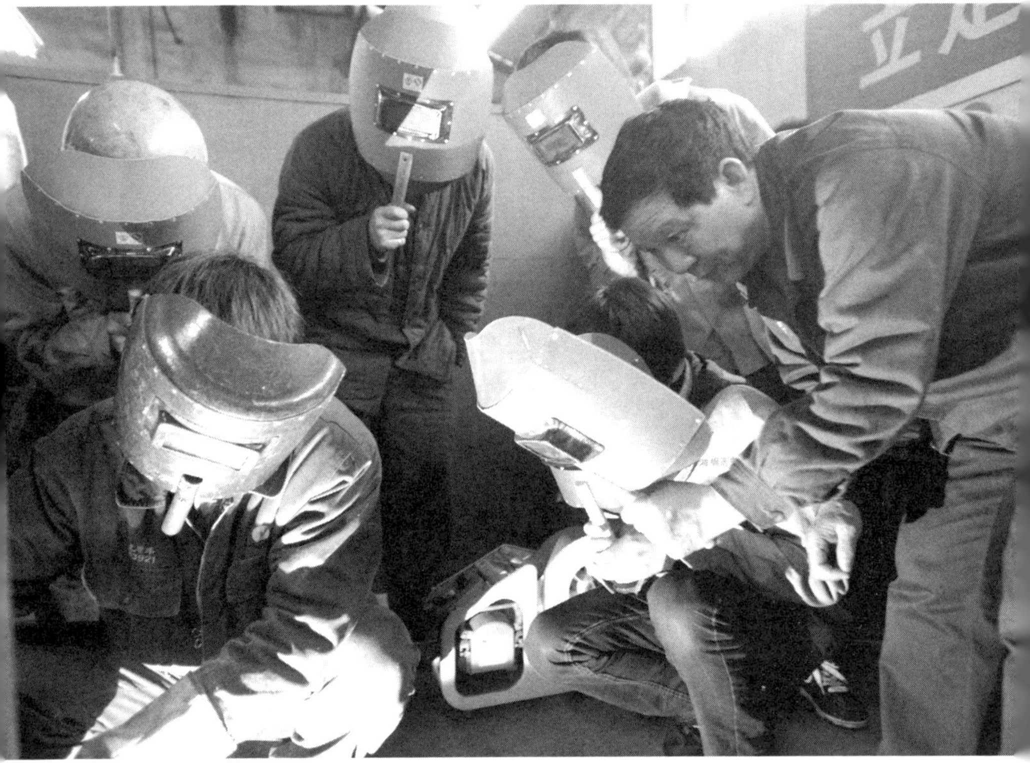

2011 年，艾爱国（右一）在湘潭全市开展氩弧焊摇摆焊技术推广应用活动

做仰头焊，这可不是一般的焊接难度。这样的动作，一般的人坚持十来分钟，便会头晕目眩，只能停下来休息。可是，艾爱国却带病坚持了一个小时。

等到下来时，艾爱国呕吐不止。大家纷纷提议把艾爱国送到医院看病，他却连连摆手拒绝："你们给我买点感冒药，我躺一会儿，就好了。"第二天，焊接组的工作人员发现，艾爱国一大早又出现在了模拟现场。

那些天，艾爱国依然戴着手套和面罩，焊花飞溅，衣服已然湿透了。

从港珠澳大桥到北京大兴国际机场，从京沪高铁到超级液化天然气船、深水油气平台、深中通道，一个个大国工程、大国重器的背后，都有艾爱国参与攻关研制的焊接工艺融入其中。

从 19 岁当上焊工，从业五十多年来，艾爱国凭借高超的技能，为我国冶金、矿山、机械、电力等行业攻克技术难关 400 多个，改进工艺 120 多项。

"所有过往，皆成序章。能为国家作点贡献，是让我感到最幸福的事情。"港珠澳大桥通车的那天，艾爱国接受湖南电视台记者的采访，如是说道。

"让海风吹拂了五千年 / 每一滴泪珠仿佛都说出你的

尊严 / 让海潮伴我来保佑你，请别忘记我永远不变黄色的脸……”思绪随风飞扬，艾爱国也跟着车里的音乐，哼唱了起来。

第十二章 精神『DNA』

“欧勇……你那里还要加大火力……”嘈杂的机器隆隆声中，一阵嘶哑的喊声穿透屋内的尘埃，从铁架子旁传来。欧勇一边“哎！”一边朝发声处望去。只见浑浊的灯光下，一个穿着蓝灰工装、身材魁梧的人佝偻着身子，手紧紧地抓着铁架，沿着铁梯一层层往上爬。“师父……”欧勇心里轻轻叫了一声，突感心酸，一颗泪珠从他的眼角滑下来。

这是 2023 年中秋节的夜晚，此时的艾爱国已经整整两天两夜没睡觉了。面临湘钢突如其来的攻关任务，艾爱国一如既往地出现在“急救”现场。他的声音在两天竭力的叫喊指挥中已然变得嘶哑，可他的脸上依然看不到一丝的疲倦。

艾爱国已经73岁了，可是，只要工作起来，再怎么累，他都会强打起精神。欧勇心疼地看着自己的恩师，思绪翻滚，他想起了第一次见到师父时的情形。

那是1996年3月6日，天空下着绵绵细雨，欧勇和几位同学走在屋檐下，忽听到有人打招呼：“艾师傅，您好！”欧勇一抬头，艾爱国迎面走来，身穿工装，身上沾了一些污渍，满脸笑容地朝大家挥手：“欢迎你们啊，好好干！”

欧勇知道，这便是艾爱国，他即将在湘钢管道队焊工实习的师父。“这样一个全国劳模和全国人大代表，在湘钢两万多人中无人不知的‘名人’，竟是这般亲切随和？”欧勇嘀咕着，内心却倍感温暖。

第一次焊接钢板，欧勇觉得很顺利，他有些“得意”地请师父艾爱国检查。“咚！”一声巨响。欧勇还没反应过来，就发现自己辛辛苦苦花了四个小时的作品，被艾爱国一锤砸成了两半。

1997 年，艾爱国（左一）指导徒弟学习焊接技术

欧勇发现，此时的艾爱国已然没有那天见面时的随和。“不合格，再焊！”欧勇没有说话，继续。“咚！”焊接好的钢板再一次被砸断。焊完，砸断，再焊，再砸……欧勇心想：“不就是焊工吗？为什么要这么严苛？”他有些委屈地看着艾爱国。艾爱国拍了拍欧勇的肩膀，轻声说：“你的钢板焊完受不得力。这些年，因为焊接质量问题，大桥垮了，房子塌了，死的人还少吗？这样的桥你敢走吗？这样的房子你敢住吗？”欧勇没有再说话，重新继续焊起来，直到艾爱国砸到第 15 块钢板，才顺利收工。

欧勇还有另一个发现：艾爱国对工具珍爱如命。

刚入厂的那天，艾爱国教徒弟们用割枪。用完后，欧勇紧紧地将开关拧住。艾爱国发现了，赶紧拿起割枪重新拧开，又拧住。他一边拧，一边叮嘱道：“割枪开关密封面是两块铜，不能拧得特别紧，否则会有痕迹，若保证日后不漏气，以后就得越拧越紧，直到开关变形、损坏……”随后，艾爱国又让欧勇重新拧，直到欧勇很熟练地把握到最佳位置为止。

欧勇还听到了另外两个相关的故事。

一次，艾爱国的另一个徒弟吴涛刚领了一把新的卷尺，气割的时候有火花，把卷尺烧坏了。艾爱国非常心疼地说：“我这么多年从来没有烧坏过一把卷尺，随身用的工具就是你吃饭的家伙，你不能吃着饭就把碗筷扔掉了。”从那以后，吴涛刚再也没有损坏过工具。

一次，艾爱国带着一个徒弟忙完一个攻关，又转到另一处地方，因为走得匆忙，徒弟忘记将工具带走了。回到家后，艾爱国想起了这事，连忙骑着自行车回到攻关的地方寻找。

艾爱国用的割枪，依然是他在 1987 年德国攻关后带回来的。他拿着它，每天干活都用。艾爱国对欧勇说：“战士有枪，我们也有枪，战士有钢枪，我们有焊枪，这就是我们的武器。”

实习的时候，欧勇发现，艾爱国每天到得最早、走得最晚。那时的艾爱国，安全帽上套一个草帽圈圈，脖子上挂条毛巾，两手提着焊把、面罩和焊枪上工地，到中午和太阳落山的时候，师父和同事们一起回来了，可他的脸总是比别人的红，毛巾总比别人的黑。

看到几个学生还在练习，艾爱国特别高兴，蹲在他们身边，一边示范，一边讲解。同事们喊：“‘艾劳模’，快洗澡回家吃饭啦！”艾爱国头也不抬，回答道：“你们先走，我再等会儿！”

欧勇蹲在艾爱国旁边，用心听着，他发现艾爱国身上的工作服已被汗水浸透，夹杂着一股浓郁的酸味。可他觉得，这酸味让他感到有些温暖。

欧勇记得，艾爱国对徒弟们说得最多的一句话便是：“百炼成钢。做焊工，我们这个‘练’，是千百次重复练习的‘练’。”

那些时日里，夜以继日的反复练习，欧勇练就了气体保护焊、氩弧焊、碱性焊条的全位置焊条电弧焊以及不锈钢、紫铜、铝合金和铸铁等多项焊接技术绝活，焊接试验

2003—2004 年，艾爱国（右一）开展无偿技术扶贫工作，共帮扶 200 余名农民工熟练掌握焊接技术，并免费推荐就业机会

成功率可达 99% 以上。

艾爱国觉得，这个“身经百战”的徒弟，已然可以作为自己的助手，正式“上场”了。

那是 2005 年，中国人民解放军向地方非军事企业招收技术士官，那一年，欧勇 27 岁。当时的他，已经在全公司几万人的比赛中拿了两次冠军，并参加过全国比赛，属于公司的技术骨干。“是去当兵呢？还是继续留在公司？”欧勇的内心有些矛盾：去当兵吧，公司又培养了自己多年；不去当兵吧，自己心中多年的“军人梦”就再也没机会实现了。一天，欧勇看着焊接完的钢板发呆，艾爱国看出了欧勇的心思。

“国家的强大，需要我们每一个人都发出自己的光和热，能为国家做点事，这是大好事！”艾爱国语速不快，但字字有力，“你现在工资一千六，我觉得，在部队，哪怕拿五六百，也更有意义，而且，部队能让你学到更多的东西！”欧勇抬头向艾爱国看去，只见师父微笑着看着他，他想起了第一次见到艾爱国的那一天，也是如此让人如沐春风。

在艾爱国的支持下，欧勇立刻报了名。三年里，他在部队保质保量地完成了指定的焊接任务，并多次在重要项

2007 年 1 月，艾爱国（左一）在湘钢烧结厂施工现场指导徒弟们焊接

目中主持攻关。

服役期满，欧勇回到湘钢，开始成为艾爱国的正式助手。

那些攻关的日子里，欧勇终于知道，师父为什么被大家称为“拼命三郎”。

一次，要焊一个凳子大的紫铜件，欧勇用火焰芯部温度达 3000 摄氏度的烤枪预热到六七百摄氏度，焊的时候，握焊枪的右手与发红的铜件仅隔不过 5 厘米左右，还要持续保持一个姿势，这对人的心理和生理都是巨大的考验。加热的铜件辐射热，与用来加温的烤枪热源相叠加，欧勇感觉到，随着加热烤枪的摆动，一种巨大的热浪让他的头发、衣服也随之摆动起来，顿时，他似乎感到全身的毛孔被烤焦，炙热难当。一秒、两秒、三秒，欧勇鼓起了勇气，可他也只坚持到三秒。旁边的艾爱国看到了，迅速拿过焊枪，说：“我来！”欧勇没想到，艾爱国是如此气定神闲，一口气就将紫铜件焊完。

2013 年 3 月，宽厚板厂电动机传动轴出现裂纹。接到通知后，艾爱国带着欧勇和几个徒弟赶往现场查看，发现裂纹有 30 毫米宽，长度约为 200 毫米。这一裂纹，使机器传递的力量不受控制，大到能轻易翻转 300 台汽车。想要更换配件，需要等待3个月时间；若不及时处理，宽厚板厂只能停产。紧急情况下，艾爱国查找传动轴的相关数据，并制定焊接工艺，组织人员调整设备。打磨、预热、焊接、热处……持续40多个小时，直到最后修复合格，艾爱国一直坚守在现场。

一次，湘钢焦化厂进行升级改造，焊工需要在一个内部只有80厘米高的容器里施焊，且由于空间狭小，只能采用半蹲的姿势仰焊。容器里温度高、光线暗，仰焊一个小时，欧勇和其他工作人员便得出来休息调整状态，而艾爱国却在高温容器里保持一种姿势，连续作业了三四个小时。后来，焊接产生的火花把安全灯溅灭了，艾爱国还是没有停止，利用火花的余光，找准焊接位置继续焊。从容器口出来时，艾爱国的白口罩变成了黑口罩，脸被高温灼得通红，手也被烫出了泡。

这样的例子，欧勇如数家珍。

正是这样被师父艾爱国潜移默化地影响，欧勇一步步攻克难关，一次次挑战极限，一点点蜕变，因为他想成为师父这样的人。

如今，欧勇已成长为湘钢焊接首席技师，是“全国五一劳动奖章”“湖南省劳动模范”获得者。“艾爱国师爷的‘精神DNA’，传给了欧勇师父，也深深地影响了我。”湘钢炼铁厂一车间主任易佳，2012年开始跟欧勇学徒。他说：“师父身上有很多师爷的影子。给人印象最深的是，每天总是第一个到实验室，为大家准备工具，讲解操作流程；教学过程中，他总是手把手地教我们焊接技术；茶余饭后，师父手上总是捧着本专业书，手不释卷。”在易佳的记忆中，师父欧勇说得最多的话便是：“要认真工作，老实做人。既然选择学焊工，就要吃得苦，就要坚持干下去，要把这份工作，当成自己的使命。”

而欧勇深深地明白，师父艾爱国的“精神DNA”，何止在湘钢焊接一线传播！

“在全国培养焊接技术人才超过600名。此外，艾爱国利用工余时间培训湘钢技工学校学生1000多人，其中取得高级工、技师和高级技师的人员有150多名。他不仅无偿向200多名下岗工人和农村青年传授焊接技术，其中100多名工人考入南方电力机车集团、湖南三一重工集团等大型骨干企业，而且为全国7个省市区的30多家企业无偿地解答技术难题150多个，充分展现了一名焊接行业‘工人’的风范，也展示了一名共产党员无私奉献的精神……”在艾爱国获得“七一勋章”后接受采访的一档节目里，欧勇看到现场的屏幕上出现如此几行醒目的字，眼泪再一次忍不住流了下来。“师父！”他在心中深深地呼唤着，内心满是欣慰和感动。

2021 年 4 月，艾爱国（中）给徒弟们讲解焊接技术

2021 年 4 月，艾爱国（右一）与徒弟进行埋弧焊试验

2021 年 4 月，艾爱国（左一）与徒弟进行埋弧焊试验

2021 年 4 月，湘钢焦化钛合金管焊接，艾爱国（右一）现场进行示范

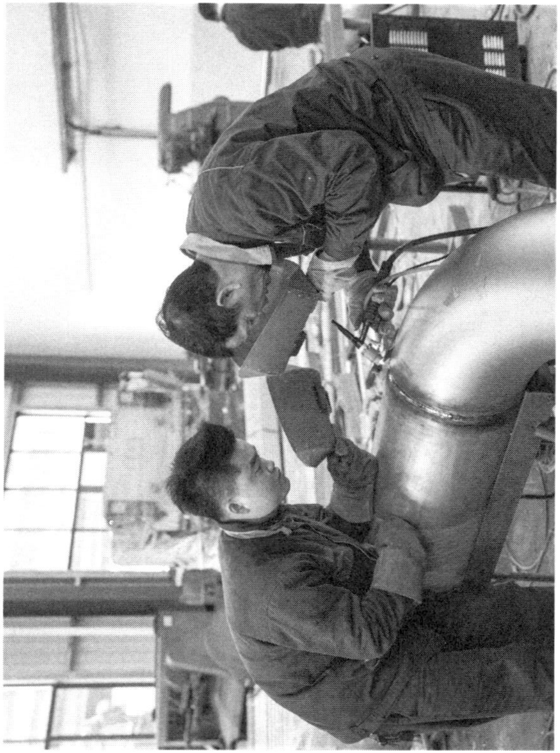

2021 年 4 月 30 日，艾爱国（右一）在湘钢胜利钢管现场圆满完成了 180 多米管道焊缝焊接

第十四章 『宝刀』未老

2010年大年初八，湘钢宽敞的内道上，路灯架悬挂的中国结和大红灯笼，彰显着节日的喜庆和祥和，人们沉浸在欢庆新年的悠闲之中。“艾爱国工作室”里，传来断断续续的说话声，时而夹杂着银铃般的笑声。

“姥爷，我觉得您应该也考虑考虑和我们一起去广州，享享清福了。”说话的是一个8岁的小女孩，艾爱国的外孙女。

“姥爷还不想离开这里呢，而且，我觉得，我在这里工作也是‘享福’啊！姥爷在这里可幸福着呢。”

“您今年 60 岁了，你们单位咋还不让您退休呢！”

“姥爷工作做得好，单位奖励我多干五年，姥爷还要在这里发光发热呢！”

“那您再干五年，就跟着我们去广州，怎么样？”

“好啊！”

“拉钩！一百年，不许变！”工作室里，传来一阵银铃般的笑声。

这一年，艾爱国 60 岁，到了考虑退休的时候了。可因为艾爱国“地位”的重要，湘钢领导曾找他沟通，希望他还如往常一样，再工作五年。

这些年，艾爱国已然成为湘钢的“宝贝”，还被公司确定为“终身劳动模范”。“荣誉的背后，是责任和担当。”在湘钢技校的课堂上，艾爱国给学生们上课的时候，郑重地说道。艾爱国知道这话，其实也是在勉励自己。

“要像一棵常青树，不断地抽发枝叶，繁茂生长；要像一朵大海的浪花，奔流不息，立于时代的前沿，永远望向前方……”60 岁生日的那天，艾爱国在笔记本上郑重地写下了这么一句话。

如此这般，艾爱国亦如往常一样，沉浸在点点滴滴的

2005 年，艾爱国在湘钢 1 号高炉移地大修现场

2008 年，艾爱国在湘钢 4 号高炉施工现场

2010 年，在焊接实验室，艾爱国（左二）和徒弟们进行气体保护焊试验

2015 年，艾爱国在焊接实验室工作

“工艺”中，抑或行走在攻坚克难的荆棘之道上。

2012 年 10 月底，湘钢 4 号高炉热风炉焊缝好几次发生裂缝，造成高炉休风，直接影响了公司的铁产量。11 月 8 日，4 号高炉热风炉开始大修，承建单位为国家某冶建公司。几天下来，大部分焊缝探伤依然不合格。随后，公司又陆续从外面请来几个施工单位，焊完后检修，还是不合格。

11 月 28 日，出差刚回到家的艾爱国便接到公司通知，前往 4 号高炉大修指挥部，参加热风炉焊缝返修讨论会。会上，公司领导提出要求：重新炼钢轧板，并邀请钢构厂压扇形板，同时，将新安装的热风炉拆卸掉。“如果这样，需要花费 30 天的时间才能完工，并且，还得耗费 60 多万元的费用！”听到此方案的艾爱国在心中开始了盘算。

“请公司允许我带五名徒弟返修。”艾爱国继而提出了自己的想法。

“如果行的话，那可是大好事！”公司领导随即答应了艾爱国。他们认为，既然艾爱国提出来，肯定是有底气的。艾爱国一次又一次成功的攻关经历，已然让他们吃了一颗定心丸。

这一次，依然没有令人失望。

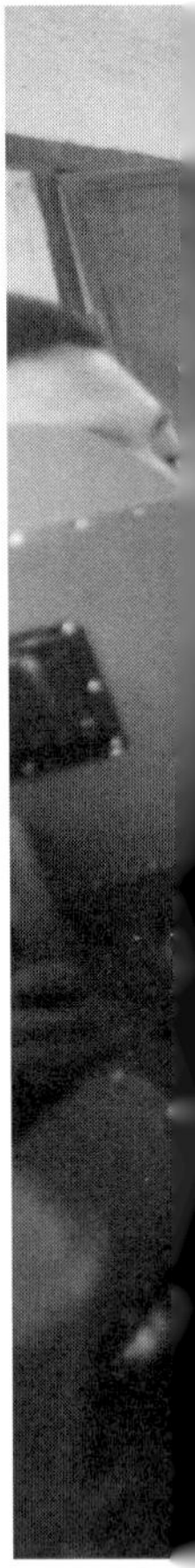

艾爱国立即带着五名徒弟，到现场开始返修。连续八个小时的焊接后，艾爱国和徒弟们在深夜12点，收工回家。

第二天，返修的焊缝探伤检测均为合格。艾爱国马不停蹄地赶回工作室，一口气撰写了好几页“工艺”方案，随即又让公司抽调二十余名压力容器合格的焊工配合焊接。

焊接现场，热闹非凡。一百余人的大队伍汇聚在了一起，艾爱国气定神闲地穿梭其中，示范指挥。在光与火的碰撞中，一场紧张的“战斗”悄然开始。

一天，两天……直到二十天后，这场紧张的“战斗”终于结束。

“比原计划提前十天解决了问题，为公司节约了60多万元费用。”项目总结会上，公司领导十分振奋。他由衷地赞叹道：“‘艾劳模’，再一次为我们创造了佳绩！”

而这样的故事，在湘钢，一次又一次地续写着。

2013年，外国电气专家在对湘钢五米板粗轧万向轮做试验时，不小心引起焊接应力集中，造成轴产生纵向裂纹，轧制线被迫停产。而停产一天，对公司的损失都是巨大的。

2011 年，艾爱国（中间正指导者）在湘钢技校推广焊接新技术、新工艺

怎么办？公司没有托架轴备件，而国内制造的备件至少得 6 个月才能到达，并且难以保证稳定使用，而向国外订货，时间上更是等不起。

“一根轴 10 米长，60 吨重，价值千万元。如果能够修好，那可是节约了大成本。”

2021 年 4 月，艾爱国（左一）在焊接实验室和徒弟合影

“‘艾劳模’，您组织人员在线修复试试，如何？”

公司领导你一言我一语，艾爱国再一次被推上“风口浪尖”。

接到任务从不拒绝的艾爱国，将自己关在了家中，两天时间，他没有出门。他研究轴的成分及机械性能，并最终决定选择与轴的材质、性能基本接近的德国斯坦英金属芯焊丝焊接。两天后，一套完整的焊接工艺方案摆在了大家的面前。

艾爱国又快马加鞭，带着三名助手，历经 36 个小时没日没夜的焊接修复，终将裂纹焊好，五米板粗轧线亦很快又恢复了生产。

无独有偶。

2018 年 4 月，湘钢宽厚板厂从国外公司进口的大电机轮骨架焊缝产生裂纹，造成轧制线停产。其实，早在 2017 年 11 月，该公司便派工程技术人员对大电机轮骨架焊缝裂纹进行了焊接修复，可只用了四个月，再次抛锚。后来，该公司又委派某工程公司焊接修复两次，可仍然未将焊缝裂纹修复好。

“大电机轮骨架焊裂缝已经越来越严重，电机随时有放炮的危险，必须停产抢修！”

紧张的气氛充斥了整个会议室。最后，大家还是将期待的目光投向了艾爱国。

“请先给我三天时间，我试试。”这一次，艾爱国话语里带着商量。

其实，艾爱国早就了解到，此次焊缝裂纹修复的难度极大，修复时，焊接飞溅的钢屑不能进入电机内，一旦进入，便会造成电机短路爆炸。可见，这不但难修好，且修补中的危险指数，亦不是一般的高。

德国一家非常专业的维修公司，尝试修复失败后也曾发话：“要完全修好这样的裂纹，几乎是不可能！”

可是，艾爱国依然想试试。

其实，在其他公司检修的时候，艾爱国便已经开始做“工艺”准备了，他从不打没有准备的“战斗”。

而做“工艺”准备前，艾爱国还特地详细询问了维修公司的维修情况，查阅了施工方的焊接方法和“工艺”，不重复别人失败的“工艺”，是他做每项“工艺”前思考的问题。

经多方考察比较，艾爱国选择了轮骨架焊接及手工氩弧焊焊接的方法。之后，他又精心挑选了技术精湛、工作热情颇高的六位焊工。历经 16 个小时的苦战，艾爱国比原

2021年4月，艾爱国为衡阳钢管厂进行埋弧焊管道焊接试验

计划提前了两天，圆满地完成了大电机轮骨架裂纹的焊接修复任务。时至今日，宽厚板轧制线历经五年的运转，从未出现过任何故障。这台价值3000余万元的大电机，为公司创造的经济价值已达上千万元。

五米板厂是湘钢经济效益的主要来源。仅一天时间，其带来的经济效益就数以百万计。

2023年7月26日，该厂的轧钢车间发现牌坊立柱裂

纹。七天后，出差回来的艾爱国就被请到现场。

而在重达170吨的轧机牌坊立柱上修复裂纹，实乃中国钢铁史上同类轧机的首例。在线修复的难度有多大呢？——既要考虑轧机牌坊立柱本身的修复，还要考虑牌坊退火热处理过程中，可能导致的轧机超级螺栓损坏等问题。七天时间里，该领域的顶尖级专家都尝试过了，可纷纷以失败告终。

“你们都回去吧，明天再来。”在现场勘测了3个小时，艾爱国见天黑了，便招呼徒弟们先回家。

“您也回去吧，师父，刚出差回来，您都没休息一下呢！”徒弟们劝道。

艾爱国摆了摆手，徒弟们便没有作声，一个个地走了。徒弟们都了解艾爱国的性格。多年来，只要他决定不走，再怎么劝，都是劝不动的。

徒弟们走了，艾爱国一个人静静地回到工作室。他打开灯，继而将电脑打开，随即忙活了起来。

凌晨2点，艾爱国将一份详尽完整的焊接工艺卡制作完成。“机具如何配置，人员如何分配，关键部位如何把握……”艾爱国关上电脑，脑海却活跃了起来。他将所有的人员安排和实施步骤，不紧不慢地在大脑中演绎了一遍。

已然困倦得不行了！艾爱国打着哈欠，趴在桌上，准备睡一觉。

正闭上双眼，艾爱国又想起了一个值得重视的细节。他索性又将电脑打开，查资料，计算参数……一遍又一遍。紧接着，一个又一个细节，在艾爱国脑海中清晰地呈现。艾爱国已然没有睡意了。一看时间，已是早晨6点。“又一个通宵未眠……”艾爱国想着，在内心反问自己，“是不是太执着了，甚至执着得有点痴？”可他的心里，却更踏实了。

8月6日，焊接现场。工人们依照艾爱国的方案开始焊接，艾爱国则一个个地盯着检查。每到关键工序点，工人们焊完便停下来，等着艾爱国检查确定，再继续焊。

8月7日，工人们渐渐熟练了焊接方法和步骤，加快了焊接速度。

“焊缝余留不足，打磨时是无法做到圆弧过渡的，重新焊！”

“热处理不够，还要增加温度！”

“此道工序合格，下一道，可继续！”

……

现场，充斥着机器隆隆的滚动声，火花的吱吱声，艾爱国指挥起来，只能扯着嗓子喊。

连续 6 天，艾爱国吃住都在维修现场，为了把控好每个环节，他不敢离开半步。8 月 8 日，工人们发现，艾爱国的声音已然有些嘶哑，他只能使出更大的力气，才能让大家听到他的话。

8 月 11 日，艾爱国已经发不出声了，他开始用手势，比画着指挥。

8 月 12 日，湘钢领导出现在维修现场，兴奋地宣布：“此次焊接，创造了国内同类大型五米轧机牌坊立柱焊接修复的奇迹！”他们紧紧地抱住艾爱国，感慨道：“您可是我们湘钢的‘宝刀’，关键时候，真离不开您哪！”

艾爱国笑了笑，想说却说不出话来。他心里想着：“我可 73 岁了，但愿这把‘宝刀’，如你们所愿，一直‘不老’……”

第十五章 选择

艾爱国按下按钮，卷闸门缓缓升起，一群十一二岁的学生“蜂拥而入”，欢声笑语荡漾开来。这是 2022 年暑假的一个傍晚，“艾爱国大师工作室”旁的展览室，又来了一群来自外省游学的学生。近些年，这里已然成为学生们游学的“网红打卡点”。

“艾爷爷，我能不能和您合个影？”一个扎着马尾辫的女学生走近艾爱国，请求道。“好啊！”艾爱国笑了起来。女学生特意选了一面墙做背景，墙上摆满了艾爱国的荣誉证书和奖杯。“全国五一劳动奖章、全国技术能手、全国十大杰出工人、新中国60年湖南最具影响劳模……”女学生一边心里念着，一边心满意足地向艾爱国靠近。拍完照，女学生又郑重地向艾爱国鞠了一躬，连声道谢。

待学生们参观完，艾爱国便带学生们走进自己的工作室。他特意用通俗而质朴的话语，给学生介绍自己的日常工作。几个学生请求艾爱国讲自己的成长故事，艾爱国便和他们聊起了自己的童年经历和学习趣事。聊着聊着，一个电话过来了，是同事小李遇到了技术难题。接到电话的艾爱国匆匆地赶到焊接现场。

退休后的艾爱国，依然很忙。

就在两个月前，艾爱国焊接实验室就接到了一个新的任务——完成9个钢种的板材焊接试验。

接到任务的艾爱国依然“闭门”做“工艺”。两天后，艾爱国将方案交到工作室的几个徒弟手中，准备指导他们开始做实验。徒弟们接过方案，内心泛起波澜。要知道，每个钢种都有着数十种不同的焊接工艺，要对9个钢种进行全面研究，最后确定合适的焊接方式，中间需要做多少工作啊！就连参数计算这一项，都是一个庞大的工程。一般情况下，没有十天半个月，是不可能得出准确的数据和方法的，可艾爱国只用了两天。他像一名医术精湛的中医大夫，给每个钢种“把脉”，便能迅速地对症下药，大大节约了研究时间。

更有甚者，后续的焊接，艾爱国指导徒弟们只用了一周，便完成了全部任务。而业内人士都知道，一个成功的试验，往往要历经数十次、上百次，甚至上千次的试验，才能完成。

艾爱国便是这般，以丰富的经验和高超的技艺，赢得了许多“额外”的时间。可大家都知道，即使再多的“额外”时间，艾爱国依然习惯用工作来填满。

夜色渐渐暗了下来。

妻子高建平的电话又一次打进来：“爱国，饭菜都凉了，是不是得回来吃饭了？”

“你们先吃，我还要过一会儿才能回来呢！”焊接实验室里，艾爱国一边回答，一边看着电脑敲着键盘，他正为小李遇到的棘手问题寻找方案。

那头的电话很快挂了，艾爱国却总觉得有哪儿不对：“以前妻子如果知道自己正忙，应该不会连续打电话催促啊！”这时他才想起，妻子和女儿今天才从女儿广东的家中回来，自己和她们母女俩已经几个月未曾见面了。

这次回来，妻子急于和他分享此次出行的见闻，尤其是沿海地区老人们多姿多彩的生活。也许，她还想和自己好好谋划一下多年未实现的“养老大计”呢。

艾爱国自我解嘲般地笑了一下，很快将思绪调整了过来，再次投入了工作之中。在他看来，老年生活再丰富多彩，怎么可能比电焊的弧光更绚丽？外地的生活再精彩，岂能与湘钢的火热相提并论？关键是他有底气，多年来温柔以待的妻子一定会支持他的，因为，近 50 年来，她就是这么做的。

深夜 10 点，方案才完成。艾爱国推着自行车，走在回家的路上。月色如水，树影婆娑，宛若一幅幅淡雅的水墨画。昏黄的街灯下，艾爱国目视前方，思绪却飞回到几十年前。

那是 1975 年 12 月的一天，艾爱国和妻子高建平刚刚领了结婚证，也走在这条路上，“有女同行，颜如舜英”，新婚宴尔，花好月圆。婚礼很简单，两人相偕，买了一些糖果，请前来道喜的亲友共飨。在双方亲友的共同见证和祝福下，两颗相爱的心便紧紧相连，相誓永不分离。

“真正的爱情能够鼓舞人，唤醒他内心沉睡着的力量和潜藏着的才能。”婚后，艾爱国和妻子恩爱有加，两人又在同一单位，更加能理解彼此。对于艾爱国的“拼命三郎”美誉，高建平是早有耳闻，甚至还因此敬重他，直至爱上他。结婚之后，她更是主动地揽下全部家务，为丈夫的工作大开方便之门。

但是，高建平发现，艾爱国越来越“变本加厉”地以厂为家、不舍昼夜、废寝忘食、不惜身体，这让刚刚尝到爱情甜蜜和家庭幸福的她不免有些怨气和委屈。

1985 年中秋，时逢周日。

这一年，艾爱国刚评上湘潭市劳动模范。

高建平特地起了个大早，跑到集贸市场买回满满一篮子菜，趁着难得的节日逢假日，想好好慰劳一下刚从外省攻关回来的“艾劳模”。吃过早饭，艾爱国带上包，准备出门。“出去了那么多天，该压着多少活啊！”艾爱国边说边走。

正在厨房忙碌的高建平大声喊道：“今天无论如何，哪怕是天大的事，你都得按时回来吃这顿饭。”艾爱国像接受重大攻坚课题一样，重重地点了点头，然后，头也不回地走了。

谁知他这一走，便是大半天不见人影。望着忙了一上午的一桌丰盛的饭菜，看着乖巧地坐在一旁做作业，却时不时瞄一瞄饭桌偷咽唾沫的女儿，高建平气不打一处来。下午3点，艾爱国终于推门回来了。高建平多年的委屈、辛酸终于冲破临界点，爆发出来了：

“艾爱国！你还知道回来？知道今天是什么日子吗？知道我们娘儿俩等了你多久吗？你说你钻研技术也好，外出开会也好，当劳模也好，我哪次拖过你的后腿，家里哪件事让你操过心？孩子长这么大，你带她去过一回公园了吗？每天回来，衣服都不脱，往床上一躺，睡得比那个啥还快。在单位你是好汉一条，回来就是一摊泥。说说看，你今天早上答应我什么了？你怎么能说话不算数呢……”

说着说着，高建平的泪水就止不住地流下来了。艾爱国低着头看着脚尖，一副不知所措的样子，看起来像一个犯错的孩子。艾爱国半天才小心翼翼地上前拉住妻子，嗫嚅地说：“是我不对，不该一忙起来就忘了时间……你们坐着，我去热菜……”

看着艾爱国难堪难过又疲惫不堪的样子，妻子又生气，又心疼，又好笑，一手擦拭着泪水，一手推开丈夫：“哪敢劳动劳模大人啊，您为国家做大事，热菜这点小事，还是我来吧。等你做到省劳模、国家劳模，我再跟着你享福吧。”

“还劳模呢，说话不算话的劳模，羞不羞？”饿了几个小时的小小“家庭观察员”看到战火停歇，跳出来“讨伐”爸爸。

两口子对视一眼，哈哈大笑。

女儿名叫艾高蓉。“艾爱国的‘艾’，高建平的‘高’，芙蓉国里尽朝晖的‘蓉’……”每一次向朋友们介绍女儿，艾爱国都会高兴地诠释一番。

2016 年 10 月，艾爱国（右二）与家人在广州游园

和天下所有的父亲一样，艾爱国待女儿如珠如宝。可一工作起来，艾爱国又将一切都抛之九霄云外了。那是1984年3月，高炉风口攻关进入关键时刻。恰巧那几天高建平上中班，离家时，嘱咐艾爱国下午接孩子。可等艾爱国放下焊枪赶到幼儿园时，已是晚上8点多，只见，园门紧闭，漆黑一片，已空无一人。

艾爱国心急如焚，冒着大雨四处寻找女儿，嗓子都喊哑了。他蹒跚地跑回家中，家里果然是“铁将军”把门，他无力地滑坐在门口，懊恼莫及。

突然，传来一道欢快的声音：“爸爸！”转头一看，女儿拉着邻居的手，正俏生生地站在一旁。艾爱国疾步走上前去，一把将女儿紧紧地抱入怀中，可是，双手还是一阵阵发抖，心中更是充满了愧疚。

艾爱国虽然是工作狂，很少顾家，这么多年，连吃饭、睡觉都很少和家人同步，同其他人家相比，自然少了很多天伦之乐。但一家人在一起时，还是挺幸福的。

艾爱国继而又想起了几件趣事，嘴角泛起了一丝笑意。

一次，高建平患肝炎和甲亢，住进了医院。艾爱国想到妻子平时对自己的支持和呵护，觉得自己表现的机会来了。鸭子的营养价值高，高建平最爱吃，艾爱国便每隔一天变着法儿地做份鸭子送到病房。住院两个月，高建平吃了十多只鸭子。

高建平出院两天，艾爱国便接到前往西德拆卸高炉的通知。为了让高建平出院后能吃上一阵子鸭子，艾爱国一次性买了 10 只鸭子回家。从宰杀到去毛，他从晚上 10 点，一直忙到凌晨 3 点多钟。其实，艾爱国并不喜欢吃鸭子，连鸭子的气味都不敢闻，那一晚，他在厕所呕吐了好几次。而高建平，为了不浪费食物，也是不辜负丈夫的一片好意，强忍着腻味又连续吃了一个月。不过，自从那次吃腻了鸭子后，如今，她望见鸭子甚至都有些反胃。

女儿艾高蓉被艾爱国视为心肝宝贝，可两人在一块儿时，更像是朋友。艾高蓉常揶揄艾爱国："我爸得了那么多大的荣誉，当个班长，都还是副的！"父女俩在一起，更多的时候是下象棋。女儿年少好胜，父亲更是寸步不让，一局棋下来，火药味甚浓。一次，艾高蓉连连输棋，气得将桌上的棋子扫落一地，拂袖而去。"甘为孺子牛"的艾爱国只得躬下身子，爬到床下去捡棋。

高建平在一旁提醒艾爱国："亏你做父亲的，像个细伢子一样，你就不能让蓉蓉儿着棋？"艾爱国"嘿嘿"有声，不做理会。"我可要在切磋棋艺中，教育女儿练出本事，练出志气呢！”艾高蓉不在场的时候，艾爱国道出了心中的真实想法。

诚然，不管是妻子，还是女儿，艾爱国深深地爱着她们，而她们也是懂他的。艾爱国想着，心里越来越踏实，步履也显得轻快起来。

电话又响了。“到哪里了，要不要蓉蓉去接你？”是妻子高建平的声音。

“不用，快到家了！”艾爱国这才想起妻子和女儿还在

2016年10月，艾爱国与外孙女在广州游园

家中等着自己，依然还没有入睡。艾爱国迅速地跨上自行车，朝着温暖的家骑行了起来。

深夜的暑气已然消解，一阵凉风吹来，艾爱国的脑海中又浮现出一幅幅熟悉的画面。

1989 年 9 月的一天，他郑重地接过“全国劳动模范”的奖杯。第二天，湘钢三万多人共同参加了学习“艾爱国榜样力量”的大会。

1994 年 10 月 1 日，新中国成立 45 周年，他作为全国百名劳模代表，在天安门前观礼，并接受媒体采访。

2021 年 6 月 29 日，“七一勋章”颁授仪式上，他首先向习近平总书记问好。习近平总书记亲切地称呼他为“大国工匠！”在为他佩戴“七一勋章”时，总书记说：“国家就需要你这样的人。”艾爱国闻言热血沸腾，激动得鞠躬致谢。

……

从 1969 年到如今，五十多个春秋，艾爱国在湘钢扎根、生长，开出一朵朵希望之花，他的人生也在这希望之中沉淀、绽放。

“是继续留在湘钢，还是陪我们到广东‘养老’？”艾爱国一到家，高建平和艾高蓉便异口同声地问道。

“你们说呢？”艾爱国目光灼灼地反问。

看着丈夫眼中的那份挚热和坚定，高建平眼前一阵恍惚，仿佛回到了五十多年前初见艾爱国的那一刻。她心底暗暗地叹了一口气，看来“享福大计”又要无限延后了。

“这还要问嘛！这么多年，你什么时候离开过湘钢？离开过你的工作岗位？”妻子故意嗔怪道。

艾爱国大步走上前，紧紧地搂住妻子和女儿，他的脑海中又浮现第一天走进湘钢的情景：阳光下，那个意气风发的少年，迈着有力的步伐，大步地朝前走去……

后 记

2023年11月21日，阳光明媚。艾爱国早早地到了焊接实验室，他如往常一样，打开电脑，做起“功课”来。

他依然穿着蓝灰色工装，翻毛皮鞋。徒弟欧勇走过来，将一盒润喉片送到艾爱国的桌上，顺便放了一袋苹果。艾爱国把喉片收下，把苹果往外推了推。

这些天，艾爱国在现场指挥攻关，已经好几天没睡过整觉了，加上每天在嘈杂的机器声中大声指挥，他的喉咙又有些嘶哑了。

“师父，您把这些苹果收下，吃了吧。”欧勇看着师父，关切地说。

“我每天早上，一个鸡蛋，一包麦片，就足够了，我已经吃饱了。”艾爱国回应。

退休后，妻子高建平跟着女儿长住广东，含饴弄孙。艾爱国的生活，也更加简单起来。

虽然自己生活很节俭，可帮助别人却从不吝啬。在厂里，艾爱国带过几百名徒弟。他们中有的家庭条件比较困难，艾爱国便时不时地在经济上给予一些资助，甚至把家里的电视都搬给了徒弟。有时，路上偶遇退休的老同事，艾爱国便和他们聊各自的退休生活。偶尔听说对方日子过得艰难，艾爱国总是会想方设法地拿点钱表达慰问之意。如果碰巧身上没带钱，艾爱国便会先向同行的人借点钱，硬塞给老同事。

“每天两点一线，就是我现在的生活。生活上不攀比，自在就行；钱可多可少，够花就行；饮食不需要讲究，吃饱就行。可是，对待工作，一定得严格‘苛刻’，这是我对自己的要求。”艾爱国向笔者介绍道。他的嗓子有些嘶哑，但声音依然洪亮。

艾爱国不只对自己的工作要求“苛刻”，对待徒弟，更是严格有加。“做焊工就好像做裁缝，只会把布料缝到一起，算不上好裁缝。只有把布料缝得又漂亮又牢固，而且针对不同材质会用不同的缝纫办法，真正懂得量体裁衣，才叫好裁缝。当焊工也一样。”艾爱国对每一个徒弟，都会如此叮嘱。

艾爱国说，自己是从平凡岗位上，一步一个脚印成长起来的。“当工人，就要当个好工人；做事情，就要努力做到极致。”五十多年来，艾爱国始终用这句话勉励自己，也鼓舞徒弟。

湘钢技校的一次讲座上，有学生向艾爱国提出疑问：“‘艾劳模’，说实话，我们焊工所处的工作环境比常人更糟，还经常要忍受身体的各种煎熬，您都已经退休了，年纪也越来越大，为什么还要回到湘钢，承受诸多的‘不适’呢？”

艾爱国回答道：“如果不回到湘钢，我会更加‘不适’。因为我热爱这项工作，再苦再累，对我来说，不算什么，而且，我已经将工作当成是我的乐趣。”

艾爱国说的是实话。家人和同事都知道，艾爱国最“上心”的便是工作。常常，下班回到家腰酸背痛地躺一下，但只要听说哪里有焊接攻关或抢修任务，艾爱国一定会迅速爬起就往现场跑。

焊工是高温有毒工种，弧光发出的热量和焊接产生的烟尘都会使人感到难受，这些对于艾爱国来说，已然习惯得不值一提。

“你看我这对老伙计，五十多年来，一次次溃烂，一次次修复，现在比我还硬朗！”艾爱国伸出自己的手掌，关节处长满了老茧，手掌上依然隐隐可见似乎才渐渐恢复的皲裂皮肤。这是一双让人看起来有些心酸的手，却又是一双承载着无数苦难和荣光的手。艾爱国觉得，这双手是完好的、健康的，他甚至觉得，自己对它“保养”得很好。

五十多年来，这双手紧握焊枪，被几百摄氏度常人难以忍受的高温一次次烫伤，一次次烂掉，又一次次复原，周而复始，可艾爱国觉得，这对于焊工来说，再平常不过，对于他自己，也更不值一提。可是曾经，对于他来说，亦是疼痛难忍。

五十多年来，无数个夜晚，入睡前，他会将一个个血泡挑破，涂上药，让它自由修复生长，却常常疼得无法入眠。第二天，他又奇迹般地、精神抖擞地出现在了攻关现场。

“还有这双眼睛，也保养得很好。五十多年来，我的这双眼睛都不止重生了多少次呢！”艾爱国咧着嘴笑着说，用手指朝自己的眼睛指去。这是一双看起来依然炯炯有神，透着坚定光芒的眼睛。可五十多年里，它曾被一次次灼伤，又一次次被艾爱国用“自创”的方法修复好。

那些夜晚，艾爱国一次次用热水浸过的毛巾热敷，毛巾冷了，重新用热水烫热，辗转来回，常常是一整晚。

“可是，人又不是铁打的。很多人不明白，我为什么一个晚上睡不了几个小时，甚至常常通宵，可第二天精气神却那么好呢？”艾爱国自言自语道。

“那是因为信念。每个人，做任何事，都应该是有信念的。就像我们攻关，要忍受700多摄氏度的高温，一般来说，怎么可能呢？可是，每次攻关时，我们心无旁骛，想着是如何解决一个个难题，将精力全神贯注地集中到一个点上，身体再怎么难受，也忘得一干二净了。”

艾爱国说话时语气很快，正如他自己所言，和他平时做事一样，急性子。

“我得又去忙了！”看着徒弟拨过来的电话，艾爱国知道，又有技术难题需要他去攻关了。接到电话的艾爱国有些抱歉地说完，继而大步向焊接实验基地走去。

他依然走得很快，如风一般。

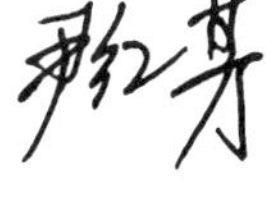

长沙月畔湾，2024年1月12日